Für immer deine Liebe

Liebesgeschichten von Walker Island

Buch 1

Lucy Kevin

Für immer deine Liebe

Liebesgeschichten von Walker Island, Buch 1

Übersetzung: Birgit Bichler – Language+ Literary Translations, LLC

Folgen Sie Lucy auf Twitter @lucykevin

Chatten Sie mit Lucy auf Facebook
facebook.com/pages/Lucy-Kevin/210611032291614

www.LucyKevin.com
lucykevinbooks@gmail.com

Bestellen Sie Lucys deutschen Newsletter
http://eepurl.com/Wl1GD

Besuchen Sie Walker Island, wo atemberaubende Ausblicke auf den pazifischen Nordwesten der USA, unwiderstehliche Kerle … und fünf bildhübsche, eng miteinander verbundene Schwestern auf Sie warten, von denen jede letztlich ihre einzig wahre Liebe findet.

Hanna Walker hat vier Jahre auf dem Festland in Seattle verbracht. Als sie auf die heimatliche Walker Island zurückkehrt, um eine Dokumentation über die berühmt-berüchtigte Peterson-Walker-Fehde der frühen Fünfziger Jahre zu drehen, muss sie schockiert feststellen, dass die ganze Sache immer noch die Gemüter erregt und heftige Gefühle auslöst. Vor allem, was Joel Peterson betrifft, der für sie absolut tabu sein sollte … in ihren Träumen jedoch immer wieder auftaucht.

Joel will auf keinen Fall, dass Hanna längst Vergangenes wieder ausgräbt. Als er jedoch erkennt, dass sie fest entschlossen ist, ihr Vorhaben um jeden Preis umzusetzen, weiß er, dass ihm keine andere Wahl bleibt, als sich mit ihr zusammenzutun. Obwohl er sich felsenfest vornimmt, seine wachsende Zuneigung für Hanna im Zaum zu halten, muss Joel sich im Laufe der gemeinsamen Nachforschungen über die wahre Geschichte ihrer Familien bald schon eingestehen, dass die Liebe eine unaufhaltsame Macht ist … und dass manchmal zwei Menschen einfach füreinander bestimmt sind.

KAPITEL 1

Hanna Walker stand an Deck der Fähre und genoss die aufspritzende Gischt auf ihrem Gesicht und den Wind, der ihr Haar zersauste, während sie versuchte, ihre Videokamera trotz der Schaukelbewegungen des Bootes ruhig zu halten. Als die Insel, die ihrer Form nach einem Butternusskürbis glich, in Sicht kam, verlagerte sie ihre Aufmerksamkeit vom Meer und dem blauen Himmel auf Walker Island.

Zuhause.

Sie hatte vier Jahre lang an der University of Washington in Seattle auf ihren Abschluss in Filmwissenschaften hingearbeitet, aber jedes Mal, wenn sie auf die Insel zurückkehrte, fühlte sie sich immer noch wie zu Hause. Es war ihr während der vergangenen Jahre nicht gelungen, sich von Schule und Teilzeitjob so oft loszueisen, wie sie sich das gewünscht hätte, aber in ihrer Vorstellung war die ganze Walker-Bande stets überaus lebendig.

Da war ihre Großmutter Ava, eine bestechend schöne Frau von achtzig Jahren, die ihr Tanzstudio mit einem derart unbändigen Elan leitete, als wäre sie nur halb so alt gewesen. Ihr Vater Tres, der seine Brille bei der Benotung von Arbeiten seiner Englisch-Schüler oder der Planung einer seiner Klassenfahrten mindestens drei Mal täglich auf seinem Kopf „verlor". Ihre älteste Schwester Emily, die alle im Hause mit einem riesigen Frühstück versorgte, bevor sie sich in einen ihrer arbeitsreichen Tage als Vertrauenslehrerin an der kombinierten Junior High School und High School der Insel stürzte. Ihre zweitälteste Schwester Rachel, die für eine Versicherungsagentur arbeitete und stets mindestens drei Dinge gleichzeitig erledigte, während ihre fünfjährige Tochter Charlotte sie ausgelassen umkreiste. Ihre mittlere Schwester Paige, die sich stets elegant in Trikot und Strumpfhosen präsentierte und in Grandmas Studio Tanzunterricht gab. Nur ihre Schwester Morgan, die mit ihren fünfundzwanzig Jahren nur zwei Jahre älter als Hanna war, sollte diesmal nicht mit von der Partie sein. Stattdessen würde sie sich den Aufnahmen für ihre gefragten Makeover-Videos in New York City widmen. Oder möglicherweise mit ihren Makeup-Pinseln irgendwo in Los Angeles oder Paris Wunder wirken, indem sie irgendwelchen Leinwandstars einen atemberaubenden Look verpasste, bevor diese sich auf einer Premierenfeier mit Strahlelächeln deluxe in Szene setzten, damit auch die Fotografen auf ihre Kosten kamen.

Genau solche Aufnahmen sollte ich jetzt auch machen, ermahnte Hanna sich selbst. Sie richtete ihre Aufmerksamkeit gerade noch rechtzeitig zurück auf das

Wasser, um eine an der Oberfläche auftauchende Walmutter mit ihrem Kalb zu filmen, deren Fontäne aus dem Atemloch mindestens viereinhalb Meter hoch in die Luft schoss. Hanna fing das Spiel der Tropfen bis ins kleinste Detail ein und machte sich die Sonneneinstrahlung zunutze, um den kurzzeitig auftauchenden Regenbogen, der den feinen Sprühnebel durchbrach, auf Bild zu bannen. Gleich darauf erblickte sie weitere Wale derselben Herde, die Seite an Seite mit den anderen durchs Wasser glitten, und verfolgte sie mit ihrer Kamera, bis die Walmutter erneut in die Tiefen des Ozeans abtauchte.

Während der nächsten paar Monate würde es auf der Insel am hektischsten sein, denn zu dieser Jahreszeit war sie sowohl von Touristen als auch von Forscherteams bevölkert, die aus aller Welt anreisten, um die Walwanderungen zu beobachten. Der Sommer war neben den Weihnachtsferien eine jener Zeiten, in denen das Leben auf Walker Island am stärksten pulsierte. Der einzige Nachteil eines Heimaturlaubs während der Sommermonate bestand darin, dass ihr Vater dann üblicherweise mit seinen Schülern auf Europareise war, um den Kids die Schauplätze der großen Weltliteratur näherzubringen.

Hanna hielt Ausschau nach weiteren Walen im Wasser, doch diese waren vorläufig von der Bildfläche verschwunden. Und vielleicht war das in Anbetracht dessen, dass sie Professor Karlson im Geiste zu ihr sprechen hörte, als befände er sich neben ihr auf dem

Boot, auch gut so.

„Mir ist klar, dass du ein Motiv umsetzen kannst, Hanna. Jetzt musst du mir – und auch dir selbst – noch beweisen, dass du dem Ganzen etwas Seele einhauchen kannst.“

Sie hatte lange schon den Überblick darüber verloren, wie oft sie versucht hatte, weiter in die Tiefe zu gehen. Jeder dieser Versuche hatte einzig und allein darin geendet, dass er ihr sagte, sie wäre noch nicht weit genug zum emotionalen Kern ihres Objekts vorgedrungen. Unglücklicherweise hatte er ihr das letztmalig zu verstehen gegeben, als sie ihre Bewerbung für den Master-Studiengang im Fach Dokumentarfilme einreichte.

„Wenn du in das Programm aufgenommen werden willst, dann musst du mir schon mehr zeigen, als dass du eine Kamera halten oder mal eben eine Geschichte erzählen kannst. Du musst mir dein Innerstes zeigen, Hanna. Das ist zwar der schwierigste Teil an der Sache, es unterscheidet aber auch einen echten Dokumentarfilmer von allen anderen.”

Sie hatte Glück gehabt, dass er sie vorläufig in den Aufbaustudiengang aufgenommen hatte. Bedingung für diese Aufnahme war, dass sie ihm zeigen musste, dass sie der Herausforderung gewachsen war, eine Doku zu drehen, die sie selbst wirklich bewegte und deshalb auch das Potenzial hatte, andere zu bewegen.

Damals spürte Hanna, dass es Zeit war, nach Walker Island zurückzukehren. Wenn Professor Karlson nämlich etwas ‚mit Herz' sehen wollte, dann musste sie dorthin gehen, wo ihr Herz *zuhause war.*

Auf der Fähre fand sie zwei gegenüberliegende Sitzplätze, die frei waren. Sie positionierte ihre Videokamera auf einem von beiden und setzte sich auf die gegenüberliegende Seite. Morgan war zwar die einzige der Walker-Schwestern, die für ihre Makeup-Clips regelmäßig vor die Kamera trat, doch auch Hanna hatte während ihres Studiums an genügend Filmprojekten teilgenommen, dass sie sich vor der Linse ziemlich wohl fühlte. Im Hintergrund würde der Zuseher genug vom Meer und von der Insel sehen, um zu verstehen, dass sie sich auf einer Fähre im pazifischen Nordwesten befand.

„Ich befinde mich auf der Heimfahrt nach Walker Island. Bevor wir in den Hafen einlaufen, möchte ich ihnen einen kurzen Einblick in die Geschichte der Insel geben." Hanna wusste, dass sie – wenn nötig – vermutlich einige Teile davon herausschneiden würde müssen, aber sie hätte gegen Ende ihres Projekts immer noch ein paar bessere Bilder hineinarbeiten können, die zum Ton passten.

„Auf der Insel gibt es seit mindestens dreihundert Jahren Indianersiedlungen und auch heute noch existieren zahlreiche, wichtige archäologische Funde von Snohomish-Siedlungen. 1921 verlor mein Urgroßvater William Walker seine familiengeführte Farm nördlich von Seattle. Er war so ungeheuer verzweifelt, dass er über das Meer davonsegelte und beabsichtigte, nie mehr wieder zurückzukehren oder eine Farm zu bewirtschaften. Doch als sein Boot an der Küste von Walker Island angeschwemmt wurde – wo er verschiedenste Arten von wilden Heidelbeeren und Brombeeren fand, die doppelt so prall und geschmacksintensiv waren als alle auf dem Festland angebauten – deutete er das als ein Zeichen dafür, dass er es nochmals versuchen sollte. Und es sollte nicht nur ein Neustart in Sachen Landwirtschaft sein, sondern er wollte auch die Walker-Familie neu gründen. Sein Entschluss stellte sich im Nachhinein als Glücksfall heraus, denn dank des Mikroklimas, das auf vielen Inseln im pazifischen Nordwesten herrscht, überlebten seine Farmen sowohl die Weltwirtschaftskrise als auch die große Jahrhundertdürre mit ihren Staubstürmen. Das Hauptproblem, mit dem sich mein Urgroßvater konfrontiert sah, war der optimale Abtransport der Beeren von der Insel. Zum Glück präsentierte sich die Lösung in Gestalt einer vor Ort ansässigen Muschelzüchterfamilie namens Peterson, die ihm dabei half und die später auch das größte Schifffahrtsunternehmen auf Walker Island leitete und die Inselfähren betrieb."

Hanna fuhr mit der Erzählung der Geschichte, die sie auswendig konnte, vor der Kamera fort. „Mein Großvater William Walker II., der sich immer weit mehr für Bildung als für die Führung einer Beerenfarm interessierte, errichtete auf der Insel die kombinierte Junior High und High School. Darüber hinaus war auch seine Hochzeit mit Poppy, der einzigen Tochter der

Petersons, geplant. Durch die Vermählung wollte man sowohl die wirtschaftlichen als auch die privaten Beziehungen der beiden Inselfamilien konsolidieren und besiegeln."

Hanna hatte die Überfahrt mit der Fähre zwischen Seattle und Walker Island schon so viele Male unternommen, dass sie bei der Fahrt rund um die Südspitze der Insel bereits wusste, dass der Kapitän gleich die Passagiere über den Lautsprecher auffordern würde, zu ihren Autos im Deck unter den Passagierräumen zurückzugehen. Die sechzig Sekunden, die ihr bis zur lautstarken Durchsage noch blieben, nutzte sie, um zu sagen: „Dieser Dokumentarfilm wird die Geschichte und problematischen Ereignisse nacherzählen, die daraufhin folgten. So etwa wurde die Verlobung widerrufen, das Beerengeschäft an den größten Marmeladenhersteller der Vereinigten Staaten verkauft und zwischen den Petersons und den Walkers entbrannte ein erbitterter Streit, der Jahrzehnte andauerte."

Gerade als der Kapitän seine Durchsage startete, schnappte sich Hanna ihre Kamera und lief das Deck entlang zur Fußgängerwartezone, von wo aus sie beim Anlegen der Fähre eine Totalaufnahme von Hafen machen konnte.

Ein paar Minuten später und nachdem Hanna die Fähre verlassen hatte, lächelte ihr ein Mann zu, der einen Hut mir der Aufschrift ‚Walker Island Walbeobachtungstouren' trug. „Hallo, Hanna. Schön, dich wieder mal auf der Insel zu sehen. Deine Großmutter spricht seit Wochen von nichts anderem mehr als von deiner Rückkehr."

Jonas organisierte schon seit vielen Jahren solche Touren und Hanna kannte ihn ziemlich gut. „Toll, wieder hier zu sein", sagte sie mit einem Lächeln. „Wie geht es Jenny?"

„Großartig." Sein Grinsen wurde noch breiter. „Wir haben vor kurzem erst ein kleines Mädchen namens Madison bekommen." Er zog rasch ein Foto des niedlichen Säuglings hervor, welches Hanna und auch alle anderen ringsum mit Ooh- und Aah-Rufen kommentierten.

„Sie ist zauberhaft, Jonas. Gratuliere."

Während sie beiseite trat, damit alle Interessierten ihre Karten für die Wal-Tour kaufen konnten, bemerkte sie mit Staunen, wie schön es doch war, wieder zu Hause zu sein. So sehr sie Seattle auch liebte, mit Walker Island konnte es die Stadt nicht aufnehmen.

Da sie wusste, dass alle in ihrer Familie während der nächsten paar Stunden vermutlich mit Arbeit eingedeckt sein würden, beschloss sie, noch etwas zusätzliches Bildmaterial von der Insel zu sammeln, solange der Himmel noch wolkenlos war. Sie filmte eine kleine Gruppe von Wissenschaftlern, die gerade auf dem Weg zu den Gezeitentümpeln waren. Eine der Frauen, die schon mehrmals Gastvorträge an der High School der Insel gehalten hatte, erkannte Hanna und winkte ihr zum Gruß. Danach machte sie ein paar Aufnahme von einem der vielen einheimischen Künstler, der gerade an einem Ölgemälde vom Hafen arbeitete, und willigte sogar ein, Modell zu stehen, falls es ihr gelang, im Lauf der folgenden Wochen ein paar Stunden hie und da abzuzweigen.

Sobald sie für ihren Geschmack genügend Material für einen typischen Sommertag auf Walker Island zusammengetragen hatte, legte sie ihre Kamera aus der Hand, um den Leiter des lokalen Geschichtsvereins anzurufen. Benjamin Neale war auch Betreiber des außerordentlich beliebten Eisstands, weshalb es sie nicht wunderte, dass sie lediglich seine Mailbox erreichte. „Mister Neale, hier spricht Hanna Walker. Ich wollte nur nachfragen, ob ich immer noch die lokalen Archive einsehen kann, so wie wir es vor ein paar Wochen besprochen haben. Ich bin eben erst auf der Insel angekommen und würde mich über Ihren Rückruf bei Gelegenheit freuen."

Hanna hatte ihre Nachricht gerade beendet, als sie spürte, wie eine kleine Hand an ihrer Hose zerrte. Ein kleiner Junge, ungefähr im Alter ihrer Nichte, hatte sich von seiner Touristenfamilie entfernt und sah zu ihr hoch.

„Bist du berühmt?"

Hanna schenkte ihm ein Lächeln. „Wie kommst du darauf, dass ich berühmt bin?"

„Es scheint, als würden dich alle hier kennen", sagte der Junge, „du musst also berühmt sein. Noch dazu hast du diese rosa Strähnen im Haar wie ein Rockstar."

„Ich bin nicht berühmt", gab Hanna ihm schmunzelnd zu verstehen. „Meine Schwester Morgan ist ein wenig berühmt, aber nur, weil sie manchmal im Fernsehen auftritt. Die Leute kennen mich hauptsächlich, weil ich eine Walker bin."

„Wow", sagte der Junge mit hörbar beeindruckter Stimme, „soll das etwa heißen, dass Walker Island *dir* gehört?"

Hanna lachte. „Nein, ganz so ist das nicht."

Und während sie darüber nachdachte und der Junge zu seiner Familie zurücklief, um ihnen ausführlich Bericht zu erstatten, wurde ihr bewusst, dass es *keinesfalls* so war. Ihr Urgroßvater hatte die ganze Insel vielleicht für kurze Zeit allein für sich gehabt, doch ihr ganzes Leben war wie das jeder anderen Familie gewesen und sie taten das, was alle auf der Insel taten, um über die Runden zu kommen.

Die Walkers hatten sich nie vor harter Arbeit gescheut. Ihre Schwestern hatten allesamt bei der Beerenernte mitgeholfen, als sie noch jünger waren, und sie selbst musste sich durchs College kämpfen, so wie alle anderen auch. Nur weil ihr Urgroßvater der erste Siedler auf der Insel gewesen war, waren sie lange noch keine Mitglieder irgendeines Königshauses oder sonst irgendetwas Besonderes.

Und obwohl Hanna hie und da darüber nachdachte, wie es wohl gewesen wäre, an einem Ort aufzuwachsen, der nicht nach ihrer Familie benannt worden war, und der nicht so klein war, dass alle sie zumindest vom Sehen her kannten, wusste sie eines ganz bestimmt: Es hätte sich anderswo nicht wie Zuhause angefühlt.

Gerade in jenem Moment klingelte ihr Telefon und sie freute sich wahnsinnig darüber, dass Mister Neale mitten im Eisgeschäft Zeit gefunden hatte, um sie zurückzurufen.

„Hallo, Hanna. Ich wollte Sie nur wegen Ihres Besuchs in den Archiven zurückrufen. Es tut mir leid, aber es gab ein kleines ...” Er räusperte sich, bevor er fortfuhr. „Nun ja, es gibt da ein kleines Problem hinsichtlich Ihres Projekts.”

„Ein Problem?” Hanna gefiel gar nicht, was sie da hörte. Ihre Großmutter sollte zwar die Hauptperson in ihrer Doku sein, aber die Interviews mit ihr mussten durch sorgfältige Recherchen untermauert werden. Sie brauchte sowohl Namen als auch Daten. Und Dokumente. Wichtige Komponenten, die dem Werk genug Tiefe verleihen sollten, damit sie sich einen Platz im Masterstudiengang für Filmemacher sichern konnte. „Wo liegt das Problem?”

Mister Neale räusperte sich erneut und fühlte sich spürbar unbehaglich. „Es tut mir leid, aber ein Mitglied unseres Komitees hat Ihren Antrag auf Nutzung der Archive blockiert.”

„Warum sollte das jemand tun?” Hanna hatte angenommen, dass es sich bei ihrem Antrag auf Zugang zu den Archiven um eine reine Formsache handelte.

„Ich fürchte, dass ich Ihnen leider nichts Näheres dazu sagen kann, Miss Walker.”

„Wissen Sie denn vielleicht, bis wann das Problem aus dem Weg geräumt sein wird?”, fragte sie und hoffte dabei, dass sich ihre Stimme geduldig anhörte. „Ich habe nämlich wirklich nur diesen Sommer Zeit, um die Dokumentation abzuschließen. Und ich *muss* diese Dokumentation unbedingt abschließen."

„Tut mir leid", entgegnete er und fairerweise muss man sagen, dass er sich tatsächlich anhörte, als würde es ihm leid tun. „Joel Peterson hat jedoch deutlich zu verstehen gegeben, dass er nicht möchte, dass Sie für eine Dokumentation Zugang zu den Archiven erhalten. Ich muss jetzt aber zurück an die Arbeit. Sieht aus, als würde gleich ein ganzer Trupp Kinder eintrudeln. Machen Sie's gut, Hanna."

Während sie ihr Telefon wieder in die Tasche schob, versuchte sie zu verstehen, was der Vorsitzende des Geschichtsvereins ihr eben mitgeteilt hatte. Warum hätte Joel sie bloß von den Archiven fernhalten wollen?

Joel war ein Schulkamerad ihrer Schwester Rachel gewesen und folglich sieben Jahre älter als Hanna. Sie erinnerte sich daran, wie sie während eines Footballspiels am Spielfeldrand gesessen und ihm beim Spiel zugesehen hatte. Er war Quarterback und schien stets unantastbar, sobald er in Ballbesitz war. Noch dazu war er der attraktivste Junge, den sie jemals zu Gesicht bekommen hatte.

Seit der High School hatte sie ihn im Lauf der Jahre immer wieder auf der Insel gesehen, nahm jedoch an, dass sie in seinen Augen immer noch Rachels kleines Schwesterchen war. Als Erwachsene hatten sie sich ja auch noch nie miteinander unterhalten.

Und es war ganz klar an der Zeit, das zu ändern. Sie hätte freilich nach Hause gehen und sich wieder einleben können, aber es war besser, Joel zuerst ausfindig zu machen und Ordnung in das ganze Chaos zu bringen. Wenn sie erst einmal miteinander redeten, davon war sie überzeugt, würde sich seine Weigerung, ihr Zugang zu den Archiven zu gewähren, als bloßer Fehler herausstellen.

Nebenbei musste sie zugeben, dass es sie interessierte, wie der hübsche Junge vom Football-Platz geraten war.

KAPITEL 2

„Guten Morgen, Margaret", sagte Joel als er das Büro der Reederei Peterson betrat. Margaret war früher die Sekretärin seines Vaters gewesen, und Joel kannte sie schon über dreißig Jahre. Damals war er gerade dabei, sich die Grundkenntnisse des Betriebs anzueignen, von dem er immer wusste, dass er ihn einmal erben würde. „Was steht heute auf dem Programm?"

„Es gibt ein paar Nachrichten auf Ihrem Schreibtisch, die Sie sich noch vor Ihrem Treffen mit Frank Williams vom Verband der Muschelzüchter um elf Uhr ansehen sollten. Und wenn ich das nebenbei anmerken darf", sagte sie liebevoll lächelnd, „Ihre Krawatte passt hervorragend zu Ihrem Hemd."

Margaret hatte sie ihm ein paar Wochen zuvor anlässlich seines Geburtstags geschenkt. Und obwohl er sich beim Tragen einer Krawatte immer fühlte, als hätte er eine Schlinge um den Hals, lächelte Joel zurück. „Danke, Margaret. Und bitte geben Sie mir Bescheid, wenn Frank da ist."

Er ging in sein Büro. Vor ihm war es das Büro seines Vaters und davor das seines Großvaters gewesen. Joel hatte die gerahmten Zeitungsfotos der beiden anlässlich der Verleihung von Branchenauszeichnungen und den großen, massiven Zedernholzschreibtisch am Fenster behalten, von dem aus man einen direkten Ausblick auf das Wasser hatte. Joel schwang die Tür hinter sich zu und lockerte dann die Krawatte, damit er wieder richtig atmen konnte.

„Wenn wir keine entsprechende Leistung bringen", sagte sein Vater oft, *„wie können wir dann erwarten, dass die Leute uns respektieren?"*

Peterson Shipping war zwar nicht das größte Schifffahrtsunternehmen weltweit, der Betrieb erforderte jedoch konstante Aufmerksamkeit. Als Kind war Joel nicht in der Lage gewesen zu verstehen, weshalb sein Vater an so vielen Samstagen arbeiten musste. Nun verstand er es.

Den Ozean interessierten keine Wochentage und einen Skipper, der in Inselnähe in Schwierigkeiten geriet, wohl auch nicht.

Joel begann, seine E-Mails und Nachrichten durchzugehen. Die der Bootskapitäne waren natürlich zuerst dran. Wenn man sich nämlich nicht um seine Boote und die Crews kümmerte, verdiente man es nicht, eine Reederei zu führen. So einfach war das.

Nun ja, vielleicht nicht unbedingt *einfach.* Rund um die Insel war nichts einfach. Es gab üblicherweise mindestens drei oder vier Beschwerden, die auf ihn warteten. Die dringlichste Reklamation an diesem Tag betraf einen zwielichtigen Bootsführer, wegen dem er der

Hafenmeisterei in Kürze einen Besuch abstatten würde müssen. Das Gute an der Sache war, dass er irgendwann tatsächlich aus dem Büro kommen und zum Hafen hinunter gehen konnte.

Als Joel noch ein Kind war und während der Ferien zusammen mit seinem Vater in kleinen Booten um die Insel segelte, schien ihn die Aussicht auf die Führung des Unternehmens Peterson Shipping zu einem wahren Glückskind zu machen. In Wahrheit war es aber so, dass Joel Saison um Saison immer weniger Zeit auf Schiffen und mehr Zeit mit Papierkram und dem Versenden von E-Mails verbrachte.

Er begann, das Protokoll der letzten Versammlung des Verbands der Muschelzüchter durchzulesen, als eine letzte Nachricht von Margaret bei ihm einging. Zuerst sah er den Namen – Hanna Walker – und dann erst, dass Benjamin Neale erneut wegen ihrer Anfrage zwecks Besichtigung der lokalen Archive angerufen hatte.

„Hanna Walker möchte eine Dokumentation darüber machen, was zwischen Ihrer Familie und den Walkers vorgefallen ist", hatte Benjamin ihm einige Wochen zuvor mitgeteilt. *„Sie möchte Zugang zu den Archiven. Derzeit hat niemand anderer im Vorstand irgendwelche Einwände dagegen …"*

„Nein", hatte Joel gesagt. *„Auf gar keinen Fall."*

Und das war's dann auch, nahm er zumindest an. Jetzt aber lag ihm eine weitere Nachricht von ihr vor. Was wollte die Jüngste der Walker-Schwestern denn mit ihrer Doku erreichen? Alte Wunden wieder aufreißen?

Alte Auseinandersetzungen erneut vom Zaun brechen?

Joel beabsichtigte nichts davon. Die Vergangenheit sollte Vergangenheit bleiben.

Ihr Großvater hatte den Peterson-Walker-Zusammenschluss in den Sand gesetzt und seine Großtante Poppy hatte sich das Leben genommen. Warum wollte irgendwer all die alten Geschichten wieder aufwärmen?

Sinn machte nur, dass Hanna offensichtlich vorhatte, all ihr zur Verfügung stehendes Know-how im Umgang mit einer Videokamera einzusetzen, um die Vergangenheit neu zu erfinden. War es nicht so, dass die Leute tendenziell alles glaubten, was ihnen über den Bildschirm als Wahrheit präsentiert wurde? Ein paar Wahrheiten gemischt mit ein paar Lügen und schon würde die Walker-Familie weit besser dastehen als sie es in Wirklichkeit war. Durch den Zugang zu den Archiven würde Hanna vermutlich in der Lage sein, genug Informationen zu sammeln, um ihre notdürftig fabrizierte Version der Wahrheit, die sie verkaufen wollte, glaubwürdig erscheinen zu lassen.

Joel konnte das nicht riskieren. Und er würde es nicht riskieren.

Das war er seiner Familie schuldig.

Er kannte fast alle ihrer älteren Schwestern aus der Schule, aber in seiner Erinnerung war Hanna Emily, Rachel, Paige und Morgan stets wie ein kleiner Schatten gefolgt. Natürlich war es nicht so, dass Joel in der Schule jemals wirklich viel mit den Walkers zu tun gehabt hätte. Schließlich war er ein Peterson.

Er schüttelte den Kopf, nachdem er sich gerade wieder dem Sitzungsprotokoll zum Thema Kennzahlen in der Muschelaussaat zugewandt hatte, als er hörte, wie Margaret draußen vor seiner Türe mit jemandem debattierte.

„Es tut mir leid, aber Mister Peterson darf jetzt nicht gestört werden. Er muss gleich zu einem Meeting …"

„Verstehe", sagte eine andere Frau, „aber wenn gerade niemand bei ihm ist, kann ich ja ein paar Minuten zu ihm. Es gibt da nur ein kleines Missverständnis zwischen uns, das geklärt werden muss."

Joel konnte nicht einmal mehr seine Krawatte zurechtrücken, da rannte die Frau bereits die Tür zu seinem Büro ein. Sie war verhältnismäßig klein, feingliedrig und ungeheuer gutaussehend, wenn auch auf eine etwas eigenwillige Art und Weise. Ihr blondes Haar war mit hellrosa Strähnchen durchsetzt und ihre Augen blitzten blau und ungestüm unter ihrem Pony hervor. Sogar in Cargohosen und einer Jeansjacke konnte man nicht übersehen, dass sie eine hinreißende Figur hatte.

Als Quarterback an der High School, Sohn des örtlichen Reederei-Magnaten und späterer Leiter des Familienunternehmens hatte Joel eine gute Ration an Beziehungen mit attraktiven Frauen abbekommen. Doch da war etwas einmalig Anziehendes an der Art, mit der diese Frau auf seinen Schreibtisch zumarschierte. So als würde nichts und niemand auf der Welt sie davon abhalten zu bekommen, was sie wollte.

Natürlich waren zu diesem Zeitpunkt bereits zwei

andere Aspekte ziemlich offensichtlich, die beide die Anziehung, die Joel zunächst empfand, abschwächen hätten sollen. Erstens war sie wahrscheinlich erst Anfang zwanzig und das war viel zu jung für ihn. Der zweite Aspekt war aber noch viel wichtiger.

Sie war eine Walker.

Hanna Walker.

Mag sein, dass sie die jüngste Walker-Schwester war, aber schon lange kein kleines Mädchen mehr. In keinerlei Hinsicht.

„Oh, wow", sagte sie und ihre Augen weiteten sich, als sie plötzlich innehielt und ihn anstarrte. „Du würdest vor der Kamera eine *fabelhafte* Figur machen."

„Hanna ..."

„Du kennst mich noch." Sie klang überrascht. „Ich war mir nicht sicher. Ich bin schließlich erwachsen geworden."

Ja, dachte er, *das bist du wirklich.* Sie war ihm so nahe, dass er den frischen Meeresduft, der von ihr ausging, riechen konnte. Er nahm an, dass sie eben erst mit der Fähre gekommen sein musste. Er wusste, dass sie gekommen war, um ihn zu überreden, sie in die Archive zu lassen. Doch allein der Blick in ihr hübsches Gesicht brachte seine Gehirnzellen derart durcheinander, dass er es nicht mehr schaffte, sie zu ordnen und ihr mitzuteilen, dass er seine Meinung nicht ändern würde, als sie bereits näher kam ... und sein Innenleben mit jedem ihrer Schritte zusehends durcheinanderwirbelte.

„Ich habe eben mit Mister Neale gesprochen, Er hat

mir gesagt, dass du nicht möchtest, dass ich Zugang zu den Archiven bekomme. Ich war aber der Meinung, dass da etwas nicht stimmen kann. Ich meine, warum solltest du das sagen? Und da Mister Neale heute voll und ganz mit seinem Eisladen beschäftigt ist, dachte ich mir, ich komme einfach vorbei und spreche direkt mit dir. Und weißt du was, du würdest bei Aufnahmen *echt* gut rüberkommen. Vielleicht können wir ja einen Beitrag in die Dokumentation einbauen, bei dem du über die gegenwärtige Situation der Petersons ein paar Generationen nach Beendigung der großen Familienfehde sprichst? Und wir könnten auch ein paar Aufnahmen über die Muschelzucht machen. Denn obwohl ich weiß, dass sie nicht wirklich relevant für unsere Familiengeschichten ist, ist sie doch ein wichtiger Bestandteil der Inselkultur und ein bedeutender Wirtschaftszweig." Sie hielt gerade noch inne, um Luft zu holen, und fügte rasch hinzu: „Es wäre also großartig, wenn du Mister Neale Bescheid sagen könntest, dass es sich lediglich um eine kleine Verwechslung gehandelt hat. Noch besser wäre es, wenn du heute noch mit ihm sprechen könntest. Ich muss nämlich unverzüglich mit den Arbeiten zu meiner Dokumentation beginnen, damit ich das ganze Material noch überarbeiten und vor Ende des Sommers einreichen kann."

Joel war offen gestanden fassungslos angesichts Hannas leidenschaftlichen Engagements. Er hatte gehofft, dass ihr Interesse an der Walker-Peterson-Fehde nicht von Dauer sein würde. Doch als sie sich noch näher auf ihn zu bewegte – nahe genug, damit er zusätzlich zur Meeresbrise auf ihrer Haut auch den Lavendelduft ihres Shampoos wahrnehmen konnte – wurde ihm klar, dass er dem Ganzen auf der Stelle ein Ende setzen musste. Und zwar restlos.

„Es gibt keine Verwechslung." Er drückte sich von seinem Schreibtisch weg und begab sich auf die andere Seite des Raumes, weg von all ihrer unglaublichen Schönheit und Leidenschaft. „Ich werde dir keinen Zugang zu den Geschichtsarchiven gewähren."

„Aber warum nicht?"

Wie nur, fragte er sich, konnte sie seine Antwort nur so ernsthaft überraschen? „Hat dir deine Großmutter nicht den Grund genannt?"

Zum ersten Mal seit sie sein Büro betreten hatte wirkte sie etwas verunsichert. „Ich habe noch nicht wirklich mit Grandma darüber gesprochen", gestand Hanna. „Das Interview mit ihr ist einer der Höhepunkte der Doku. Wenn ich ihr erzählen würde, was ich demnächst vorhabe, könnte das ihre spontane Reaktion beeinträchtigen. Bei Dokumentarfilmen ist es überaus wichtig, dass man die echten Reaktionen der Menschen einfängt."

„Oh, du kannst mir glauben", sagte Joel zu ihr, „sobald du das deiner Großmutter gegenüber zur Sprache bringst, bekommst du eine echte Reaktion. Sicherlich sind dir die Einzelheiten des Inselskandals bekannt, nicht wahr?" Details eines Konflikts, die Joel solange er sich zurückerinnern konnte eingetrichtert worden waren.

„Ein paar davon", entgegnete sie. „Obwohl ich nicht alles wissen kann, solange ich nicht die Möglichkeit bekomme, mir die Archive richtig anzusehen."

„Nein", sagte er erneut. „Und wenn du erst einmal mit deiner Großmutter gesprochen hast, wirst du bestimmt verstehen, weshalb ich dein Doku-Projekt nicht unterstützen kann."

Noch bevor Hanna weiter über ihr Anliegen debattieren konnte, öffnete Margaret die Tür. „Frank Williams ist jetzt hier, Joel. Soll er ein paar Minuten warten?"

Hanna kam ihr zuvor. „Nein, ist schon in Ordnung. Ich muss ohnehin nach Hause, damit meine Familie weiß, dass ich wieder hier bin." Im krassen Gegensatz zu ihrem ungestümen Auftritt von vorhin gab sie sich nun überaus höflich und sagte: „Danke, dass du dir Zeit genommen hast, Joel."

Als sie sich umdrehte und mit aufrechtem Oberkörper und erhobenen Hauptes hinausspazierte, musste Joel ganz einfach wieder ihre Anmut bewundern. Nur mit äußerster Mühe konnte er die strahlende Vorstellung von ihr aus seinem Kopf verbannen, als er dem Leiter des Verbands der Muschelzüchter die Hand schüttelte, und versuchte, sich auf die Besprechung zu konzentrieren, um mitzubekommen, welche Änderungen sie umsetzen wollten. Mit seinen Gedanken war er jedoch die ganze Zeit an einem völlig anderen Ort.

Er dachte immer noch an Hanna …

KAPITEL 3

„Hanna?" Ava Walker trat gerade in jenem Moment aus der Eingangstür, in dem Hanna das Haus betreten wollte. „Wann bist du angekommen, Liebes? Wir hätten dich doch an der Fähre abgeholt."

Es gab Leute, die behaupteten, Ava wäre in ihrer Jugend eine echte Schönheit gewesen. Hanna dachte immer schon, dass diese Leute falsch lagen. Ihre Großmutter war *immer noch* wunderschön. Mit regelmäßiger Bewegung und gesunder Ernährung bewahrte sie sich ihre glänzende Form und ihre Körperhaltung glich immer noch der einer Tänzerin. Darüber hinaus war da immer noch dieses sagenhafte Feuer in ihren strahlend blauen Augen.

„Ich bin mit der Fähre um zwei gekommen, wollte aber keinen von euch von der Arbeit abhalten. Außerdem war es ein so herrlicher Tag, dass ich ihn nutzen wollte, um Bildmaterial von der Stadt zu sammeln."

Sie hatte die Zeit in der Stadt total genossen … das heißt, bis sie in den Büros der Reederei Peterson auf Joel getroffen war. Hanna hatte sich immer darüber gefreut, wenn sie während Schulferien auf die Insel zurückkehren konnte. In diesem Moment konnte sie jedoch an nichts anderes denken als daran, wie Joel ihre Doku-Pläne völlig *zunichte gemacht* hatte.

„Was ist los, Hanna?" Während Ava die Frage stellte, griff sie nach Hannas Hand. „Du scheinst total aufgebracht."

„Nein, es ist …" Hanna schüttelte den Kopf. Wenn ihre Großmutter gerade dabei war, das Haus zu verlassen, hätte sie nicht genug Zeit, um ihr alle Einzelheiten zu erzählen. „Wir können später darüber reden, wenn du jetzt das Studio für die Nachmittagskurse aufsperren musst."

„Das hat Paige schon erledigt", versicherte Ava ihr. „Und ich bin mir sicher, sie kommt auch noch ein Weilchen länger ohne mich zurecht, während du mir erzählst, was los ist." Sie legte ihren Arm um Hannas Hüfte und sagte: „Komm, lass uns ins Haus gehen."

Gemeinsam gingen sie zurück ins Haus und geradewegs in die Küche. Das große alte Haus, in dem bereits viele Generationen von Walkers gelebt hatten, war zwar kein Herrenhaus, bot jedoch ausreichend Platz für fünf energiegeladene, ständig herumlaufende Kinder. Die Küche war der größte Raum im Haus. Sie war mit einem riesigen Esstisch ausgestattet, an dem die gesamte Familie zu den Mahlzeiten Platz fand.

Hanna überraschte es nicht, als sie einen Mann in Karohemd und Jeans erblickte, der sich unter dem Waschbecken zu schaffen machte. Michael Bennet hatte als Teenager einige Jahre bei den Walkers gelebt, nachdem er seine Eltern verloren hatte. Für Hanna war er immer wie ein großer Bruder gewesen. Das traf auch auf all ihre Schwestern zu. Na ja, auf alle mit Ausnahme von Emily, die immer wenn sie den dunkeläugigen und dunkelhaarigen Mann sah, der ständig ihren Weg kreuzte, ihre Gefühle nur schwerlich zu verbergen vermochte ...

Als er sie erblickte, sprang Michael augenblicklich hoch und umarmte sie herzlich. „Ich dachte, du wärst in Seattle und wir wären dich für alle Zeit los. Offensichtlich habe ich mich damit geirrt."

„Weiß Emily, dass du an ihrer Spüle herumfummelst?" Hanna konterte mit einem breiten Grinsen und umarmte ihn ebenso fest.

„Nein, aber jetzt weiß sie es", sagte Hannas älteste Schwester, die in der Küchentür stand.

Hanna hatte oft gedacht, dass Emily die hübscheste von ihnen allen war, wenn sie an manchen Tagen auch zu beschäftigt schien, um einen Riesenaufwand in punkto Aussehen zu betreiben. Heute hatte sie ihre Haare zusammengebunden und trug kein Makeup, was Morgans Maskenbildnerinnen-Seele zutiefst erschüttert hätte. Emily war stets weit mehr als nur eine große Schwester gewesen. Nachdem ihre Mutter verstorben war, hatte sie sich der Herausforderung gestellt und sich um alle anderen Geschwister gekümmert.

„Willkommen zuhause, Hanna", sagte Emily, während auch sie sie umarmte, bevor sie sich Michael zuwandte. „Du hast deine Mannschaft hoffentlich nicht bei Mrs. Hellman zurückgelassen, nur um unser Spülbecken zu reparieren, stimmt‘s?"

„Ava hat mich gebeten, es mir anzusehen. Und jetzt", sagte er, als er den Wasserhahn aufdrehte und Wasser ins Becken strömte, „musst du es nicht mehr tun."

Hanna beobachtete, wie sich die Emotionen im Gesicht ihrer großen Schwester abzeichneten. Emily schien Gefallen an Michaels Nähe zu finden und konnte sichtlich nicht genug davon bekommen, bevor sie alles wieder zunichte machte.

„Danke", sagte Emily schließlich. „Dafür, dass du es gerade rechtzeitig repariert hast, damit ich das Abendessen für alle vorbereiten kann. Möchtest du hierbleiben und mit uns essen?"

Michaels Augen waren erfüllt von demselben Verlangen, dass Hanna eben erst in den Augen ihrer Schwester wahrgenommen hatte, während er Emily dabei zusah, wie sie zielstrebig auf den Kühlschrank zusteuerte und drei Paprikaschoten herausnahm. „Nur, wenn es für alle reicht."

Aber nun mal Spaß beiseite. Wie viele Jahre würden die beiden dieses Spiel wohl noch miteinander spielen? Hanna war von ihnen beiden enttäuscht, setzte sich zu ihrer Großmutter an den Küchentisch und sagte: „Sie kocht immer genug für alle." Da sowohl Michael als auch Emily verwundert über ihren Tonfall zu sein schienen, entschuldigte sie sich auf der Stelle. „Tut mir leid. Es war nicht abfällig gemeint."

Ihre Großmutter griff nach ihrer Hand. „Was ist los,

Hanna? Was stimmt nicht?"

Sie wusste, dass sie sich besser fühlten würde, wenn sie sich alles von der Seele redete. Gleichzeitig hasste sie es jedoch, gleich nach ihrer Ankunft nach Hause mit Klagen über ihren Film – und Joel – allen die Stimmung zu verderben.

Als sie nicht augenblicklich ihr Herz ausschüttete, drückte Großmutter ihre Hand. „Was auch immer für Probleme du hast, ich bin mir ganz sicher, dass wir alle zusammen eine Lösung finden, wenn du uns sagst, worum es geht."

„Wenn Joel Peterson dabei etwas zu sagen hat, dann sicher nicht", antwortete Hanna mit mehr Nachdruck als sie beabsichtigt hatte. „Um ehrlich zu sein, war ich gerade eben bei ihm im Büro."

„Du hast dem jungen Peterson einen Besuch abgestattet?", sagte Ava und zog dabei ihre Augenbrauen vor lauter Überraschung nach oben.

„Er ist kein kleiner Junge mehr, Grandma", sagte Emily und stellte als kleine Vorspeise einen Teller mit Crackern, Käse und Obst auf den Tisch. „Er ist der Chef der Reederei Peterson und nur ein paar Jahre jünger als ich."

„Was hat Joel denn getan, dass du so verärgert bist?", fragte Michael, während er zwei Scheiben reifen Cheddar auf einen Cracker lud.

„Ich wurde nur vorläufig in den Masterstudiengang aufgenommen und muss jetzt eine Arbeit abliefern, mit der ich mir meinen Studienplatz auch wirklich verdiene.

Etwas mit *Herz.*" Hanna gab ihrem unbändigen Verlangen danach, ihre Hand vor lauter Frust auf die Tischplatte zu knallen, nicht nach. Im Zuge so manchen Wutanfalls in ihrer Jugend hatte sie gelernt, dass der Tisch der Walkers *viel* härter war als ihre Hand. „Da Joel mir jetzt aber den Zugang zu den Archiven verweigert, kann ich mein Projekt völlig vergessen."

„Weshalb wolltest du überhaupt Zugang zu den Archiven?", fragte Ava.

Hanna dachte über Joels abschließende Worte nach. Er schien den Eindruck zu haben, dass ihre Großmutter keinen Gefallen daran finden würde, wenn sie ihr von ihrem Vorhaben erzählte. Damit konnte er ja wohl nicht richtig liegen, oder doch? Die Fehde zwischen den Petersons und den Walkers gehörte längst der Vergangenheit an. Und dennoch hatte Hanna irgendwie das Gefühl, dass die Geschichte erzählt werden musste.

„Ich möchte eine Dokumentation über den Bruch zwischen den Petersons und den Walkers machen."

„Bist du verrückt?", fragte Emily.

Hanna starrte ihre ältere Schwester schockiert an. *Bist du verrückt* war exakt einer jener Sprüche, den Vertrauenslehrerinnen besser nicht von sich geben sollten. Zudem hatte ihre Schwester ihr immer Beistand geleistet. Egal was Hanna auch brauchte, Emily – und der Rest der Schwestern – hatten ihr in der Vergangenheit stets geholfen. Beziehungsweise konnte man fast behaupten, dass sie manchmal sogar versuchten, ihr zu viel zu helfen.

„Die Inselfehde ist das perfekte Thema für eine

Dokumentation. Es gibt dabei eine Geschichte und Spannungen und ich habe mit dem Archiv eine großartige Informationsquelle. Noch dazu ist Grandma die einzig noch lebende Person, die weiß, was tatsächlich geschah."

„Nun ist es aber so, dass Joel nicht will, dass du Zugang zu den Archiven bekommst", gab Ava behutsam zu bedenken.

„Ist vermutlich auch besser so", sagte Emily, als sie ihr Messer in die Paprikaschote bohrte. „Es gibt eine Unmenge anderer Dinge auf der Insel, über die du berichten könntest."

„Was denn zum Beispiel?", fragte Hanna ihre Schwester und konnte sich gerade noch eine weitere abfällige Bemerkung verkneifen. „Die Walwanderungen?"

„Sicher, warum auch nicht?"

„Ich habe kein Interesse an einer Wildtierdoku", gab Hanna beharrlich von sich. „Und selbst wenn es so wäre, hätte ich keine Möglichkeit, mir die dafür nötige, sündhaft teure Kameraausrüstung zu beschaffen."

„Okay, dann machst du eben keine Dokumentation über Wale. Wie wär's mit dem Verschwinden der Snohomish von unserer Insel vor zweihundert Jahren? Zu diesem Thema hat nie zuvor jemand ganze Arbeit geleistet und erklärt, was tatsächlich vor sich gegangen ist. Du könntest dich auch mit den Theorien beschäftigen, die dahinterstecken."

„Du hast recht", sagte Hanna. „Man sollte in jedem

Fall eine Dokumentation über der Verschwinden der Snohomish machen. Aber ich bin nicht die richtige Person, um die Geschichte zu erzählen. Denn was ich wirklich will – und *unbedingt* tun muss, wenn ich mir meinen Platz im Aufbaustudiengang irgendwie sichern will – ist, einen Film über etwas zu drehen, das mit mir zu tun hat. Einen Film über ein Thema, das mir wirklich am Herzen liegt und mich bewegt."

„Wenn es dir wirklich ein Herzensanliegen wäre", sagte Emily. „dann würdest du Grandma nicht in die Sache hineinziehen. Du stichst damit in ein Wespennest. Und wozu soll das gut sein? Für irgendeine Dokumentation? Glaubst du wirklich, die Leute wollen sich einen blöden Streit zwischen zwei Familien ansehen, der längst vergangen ist? Möchtest du jemanden verletzen, Hanna?"

Hanna konnte sich nicht daran erinnern, ihre Schwester ihr gegenüber jemals so aufgebracht erlebt zu haben. Gelegentlich war sie entnervt, ja, aber niemals derart wütend. „Nein, natürlich möchte ich niemand verletzten!", feuerte sie zurück. „Aber …"

„Das reicht jetzt, ihr beiden."

Ava erhob zwar nicht ihre Stimme, aber Hanna und Emily verstummten beide unverzüglich. Es war genauso wie in ihrer Kindheit, wenn Rachel und Morgan sich in den Haaren lagen, um im Mittelpunkt zu stehen. Grandma war auch damals als einzige in der Lage gewesen, ihnen Einhalt zu gebieten. „Was ist los, Emily und Hanna? Möchtet ihr wirklich einen Streit vom Zaun brechen?"

Hanna schüttelte den Kopf. Emily tat es ihr gleich.

„Ich möchte nur nicht, dass Hanna etwas tut, das dich verletzt", sagte Emily.

„Das werde ich auch nicht tun", wiederholte Hanna mit Nachdruck. „Ich möchte nur ein Interview mit dir führen Grandma. Ich möchte dadurch herausfinden, was damals wirklich geschah und wie du dich dabei gefühlt hast."

„Und ich möchte, dass meine Enkelinnen ihre Träume verwirklichen können, auch wenn es schmerzt." Sie schenkte jeder von ihnen ein zaghaftes Lächeln. „Als Morgan uns verließ, um ihre TV-Karriere auf dem Festland zu verfolgen, hatten wir allesamt gemischte Gefühle. Daran kann ich mich noch genau erinnern. Es tat weh, sie nicht mehr um sich zu haben, aber zumindest wissen wir alle, dass sie das tut, was sie liebt. Ihr alle solltet das tun, was ihr liebt."

Als Emily ihren Mund öffnete, um wieder etwas von sich zu geben, legte Michael sanft eine Hand auf ihren Arm. Was auch immer es war, das in diesem Moment lautlos zwischen ihnen ablief … es brachte Emily dazu, sich wieder auf das Gemüse zu konzentrieren, das sie gerade schnitt.

„Wenn diese Dokumentation dazu beiträgt, dass du deine Träume nach und nach verwirklichen kannst", sagte Ava zu ihr, „dann unterstütze ich dich. Genauso wie es deine Schwestern tun werden."

„Danke, Grandma. Du bist die Beste", sagte Hanna

und schlang ihre Arme um ihre Großmutter. Ohne Zugang zu den Archiven würden ihr zwar viele Informationen fehlen, aber dank des Interviews mit Ava würde sie hoffentlich die meisten Probleme aus dem Weg räumen. Außerdem musste sie sich dann auch keine Gedanken mehr über Joel machen. „Wenn du wieder aus dem Studio zurückkommst, Grandma, werde ich meine Kamera aufgebaut haben, und dann …"

Ava hielt eine Hand hoch. „Ich will zwar, dass du deinen Träumen nachgehst, aber ich werde dir nicht das Interview geben können, dass du dir vorstellst, Liebes."

„Warum nicht?"

„Ich habe vor langer Zeit ein Versprechen gegeben. Ein Versprechen, das ich nicht brechen kann."

„Wenn ich dich aber weder befragen noch in die Archive kann, wie soll ich dann meine Arbeit zustande bringen?"

„Du wirst einen Weg finden", sagte Ava mit absoluter Zuversicht. „Und vielleicht … wer weiß, wenn du deine Doku erst einmal gemacht hast, dann wird vielleicht auch die Zeit reif sein, dass man diese Geschichte erzählt. Und egal welche Stolpersteine man dir in den Weg legt, ich möchte, dass du mir versprichst, dass du deine Träume lebst, Hanna."

„Natürlich werde ich das machen, aber …"

Noch bevor sie ihren Satz beenden konnte, war ihre Großmutter aufgestanden. „Ich werde jetzt am besten hinunter ins Tanzstudio gehen. Schön, dass du wieder hier bist." Ava gab Hanna noch einen Kuss auf die Wange und ging.

KAPITEL 4

Joel war nicht in seinem Büro. Zum Glück war die Insel jedoch klein genug und sie brauchte keine dreißig Minuten, um ihn unten am Hafen zu finden, wo er sich gerade mit dem Kapitän eines Muschelboots unterhielt. Augenblicklich fiel ihr auf, dass der Hafen viel besser zu ihm passte als sein Büro. Genau genommen konnte sie sich unschwer vorstellen, wie er ein Boot steuerte und die Gischt auf ihn niederprasselte.

Da Hanna ihre Kamera bei sich hatte, zoomte sie ihn soweit heran, bis nur mehr sein Gesicht und das Meer zu sehen waren, wobei sich das tiefblaue Wasser im Hintergrund bewegte und die Sonne auf seine dunklen Haare schien.

„Hanna? Was machst du da?"

Sie senkte die Kamera. „Ich hatte recht mit meiner Annahme", sagte sie mit einem Lächeln.

„Mit welcher Annahme?"

„Du machst dich einfach blendend vor der Kamera."

Anstatt zurückzulächeln sagte Joel aber: „Du solltest niemanden einfach so ohne sein Einverständnis filmen."

„Ich gehe niemals ohne Ankündigung und hole auch

immer die Erlaubnis zur Verwendung der Clips ein", versicherte sie ihm. „Normalerweise ist es aber von Vorteil, die Leute zuerst zu filmen und danach zu fragen, denn dann verhalten sie sich authentisch und verstecken sich nicht hinter ihrem Schutzpanzer wie die meisten von uns."

„Ich verstecke mich hinter keinem Panzer."

Hanna sah demonstrativ auf seine Krawatte. In seinem Büro hatte er sie schon halb abgenommen. Sie kannte Männer, an denen eine Krawatte elegant wirkte, ja sogar modisch.

Joel schien sie jedoch eher einzuengen.

„Wenn du meinst. Jedenfalls habe ich mit meiner Großmutter über den Dokumentarfilm gesprochen und sie sagte, dass ich meine Träume verwirklichen soll."

„Unabhängig davon, wen du damit verletzt?"

Joel trat vom Rand des Hafenbeckens zurück. Hinter ihm legte das Muschelboot ab und Hanna hatte den Eindruck, als starrte er ihm fast schon sehnsuchtsvoll hinterher.

War er tatsächlich so erpicht darauf, sich von ihr loszueisen?

Wie auch immer. Da sie keinen Zugang zu den historischen Quellen hatte, die sie brauchte, und ihr aufgrund des Versprechens ihrer Großmutter vor vielen Jahren auch der Aufhänger für ihr Interview abhandengekommen war, musste sie Joel was die Archive betraf unbedingt umstimmen.

„Darf ich zumindest versuchen, dich zu überreden?",

schlug Hanna vor. „Vielleicht bei einem Kaffee?"

Joel schüttelte den Kopf. „Ich muss auch noch mit anderen Skippern sprechen. Ich kann nicht einfach abhauen und über die Archive diskutieren. Ich habe einen Betrieb zu führen."

Er wandte sich von ihr ab und zog schleunigst in Richtung eines anderen Bootes davon, als Hanna plötzlich wieder vor ihm auftauchte. Um an ihr vorbeizukommen, hätte er schwimmen müssen.

„Wovor hast du so große Angst, Joel?"

„Ich werde dir genau sagen, wovor ich Angst habe. Davor, dass du mit deinem egoistischen Wunsch irgendeine Doku zu fabrizieren meine Familie verletzt."

„Egoistisch?" Hanna konnte ihre Wut nicht zurückhalten. „Das ist nicht fair."

„Was damals in den 50er-Jahren passiert ist, war nicht *fair*", konterte Joel. „Ich sage es dir also nochmal, dass ich nicht zulassen werde, dass du meine Familie verletzt."

„Glaubst du wirklich, dass ich das tun werde?" Etwas in ihr wollte ihm eine reinhauen, weil er so dickköpfig war. Ein etwas besorgniserregender Teil in ihr wollte ihn küssen. Das Dumme daran war, dass es ihm, egal was sie auch tat, überhaupt nicht ausmachen würde.

„Ich weiß echt nicht, wie du dich verhalten würdest", antwortete Joel. „Du hast die Insel so jung verlassen und bist als … als jemand anders zurückgekehrt. Denn trotz all deiner gegenteiligen Beteuerungen hast du soweit ich weiß vor, die Geschichte ins Gegenteil zu verkehren und dem Ansehen meiner Familie zu schaden. Dieses Risiko kann ich nicht eingehen. Nicht, wenn es um meine Familie geht. So und jetzt geh mir bitte aus dem Weg, wenn du nicht nass werden willst."

Er streifte sie im Vorbeigehen und kam ihr dabei so nahe, dass seine Hand ganz kurz die ihre berührte, wodurch in der Sekunde Wonneschauer über ihre Haut fuhren.

„Wenn du mir schon nicht abnimmst, dass ich nicht gekommen bin, um gegenüber deiner Familie wieder das Kriegsbeil auszugraben, warum erzählst du mir dann nicht wenigstens *deine* Version der Geschichte?" Hanna rief ihm hinterher. „Wen würde das verletzen?"

Sein geringfügig zögerlicher Schritt war der einzige Hinweis für sie, dass er überhaupt versucht war, mit ihr über seine Familie zu sprechen. Das reichte ihr jedoch, um weiter Druck zu machen. „Ich weiß, dass du noch mit deinen Skippern sprechen musst, aber auch ich habe den Abschluss an der Filmakademie nicht umsonst gemacht. Ich kann unterwegs problemlos ein paar Takes machen."

„Und wenn du dabei ins Wasser fällst?"

„Mach dir bloß keine Sorgen, ich kann schwimmen. Du musst dir deinen Anzug sicher nicht nass machen, um mich zu retten."

Er runzelte die Stirn. „Glaubst du wirklich, dass ich mir Gedanken über meinen Anzug machen würde, wenn du ins Wasser fällst?"

Nun ja, diese Aussage seinerseits war überraschend

nett. „Der Anzug ist schön”, antwortete sie, obwohl sie spürte, wie ihre Wangen sich angesichts seiner Blicke röteten.

Noch bevor sie sich allzu nahe kommen und zu vertraut miteinander werden konnten, trat er einen Schritt zurück. „Nun gut. Ich werde dir erzählen, was passiert ist.”

Sie konnte ihren siegreichen Jubel gerade noch unterdrücken und hielt ihre Kamera aufmerksam auf ihn gerichtet, während sie am Hafenbecken entlanggingen.

„1951 hatten die Petersons und die Walkers ein sehr enges Verhältnis. Zwar waren die beiden Familien bereits seit der Besiedlung der Insel miteinander befreundet gewesen, aber Anfang der 50er-Jahre hatte sich diese Freundschaft für Poppy Peterson und William Walker II. zu weit mehr entwickelt. Zwischen den beiden war nicht nur die Liebe entflammt, sondern durch ihre Heirat wäre es auch zur Verbindung der beiden größten Unternehmen auf der Insel gekommen, nämlich der Muschelfarm der Petersons und der Beerenfarm der Walkers.”

Er griff nach ihrem Arm und half ihr dadurch, einem Touristen aus dem Weg zu gehen, der gerade den Hafen fotografierte. Just in dem Moment, in dem sie auf Tuchfühlung gingen, hörte er auf zu sprechen. Was sie in seinen dunklen Augen sah, als diese sie durch die Kamera anblickten, nahm ihr den Atem.

Er zog seine Hand rasch wieder zurück und sagte weiter: „Die ganze Insel freute sich auf die große

Hochzeit und laut der Informationen, die ich darüber gelesen habe, waren alle der Ansicht, sie wären ein fantastisches Ehepaar. Dass ihre Heirat noch dazu eine für die lokale Wirtschaft positive Unternehmensfusion mit sich bringen würde, war lediglich eine Draufgabe. Unglücklicherweise verhielt es sich dann aber so, dass dein Großvater mit der Auflösung der Verlobung alles zunichte machte."

Durch die Linse ihrer Kamera konnte Hanna erkennen, wie die Wut in Joels Augen aufblitzte.

„Er hatte deine Großmutter in Seattle kennengelernt. Und irgendwie konnte sie ihn davon überzeugen, dass weder seine Gefühle für Poppy noch alles andere, das zwischen den beiden Familien und ihren Unternehmen abgemacht worden war, eine Rolle spielte. Sie überredete ihn nicht nur dazu, sie an Poppys Stelle zu heiraten, sondern brachte ihn überdies auch dazu, seine Beerenfirma für billiges Geld zu verschleudern."

An dieser Stelle von Joels Version der Geschichte fühlte Hanna, dass sie ihre eigene Wut zurückhalten musste. Er war *so* unfair, wenn er tatsächlich glaubte, dass alles allein die Schuld ihrer Großmutter war. Aber wie konnte er sich überhaupt so sicher sein, wenn er niemals mit Ava über irgendetwas davon gesprochen hatte? Und was noch weit schlimmer war … wie hätte je irgendjemand die Wahrheit herausfinden können, wenn das Versprechen ihrer Großmutter diese daran hinderte, die Sache richtigzustellen?

„Meine Großtante Poppy fühlte sich angesichts

dessen, was die Walkers ihr angetan hatten, völlig bloßgestellt", sagte Joel mit tiefer, emotionsgeladener Stimme, „sodass sie absichtlich ohne Crew und bei schlechtem Wetter in einem Boot aufs Meer hinaus fuhr. Seit damals war in meiner Familie nichts mehr wie zuvor."

Hanna schaltete instinktiv ihre Kamera aus. Sie und Joel waren nun beide unangenehm berührt und es hätte sich nicht mehr richtig angefühlt, wenn sie weiter filmte.

„So, jetzt ist es raus." Seine Stimme klang nun knapp und harsch. „Das ist passiert. Eine Dokumentation kann nichts an den Tatsachen ändern. Und es wird sicher auch nichts daran ändern, was William II. und Ava meiner Familie angetan haben."

„Doch was wäre, wenn du nicht hundertprozentig richtig liegst im Hinblick darauf, was passiert ist und weshalb es passiert ist? Und was ist mit all dem, das du weggelassen hast? Denn du hast ganz sicher nicht erwähnt, dass Grandma Großvater geliebt hat, als er noch am Leben war. Ich habe hautnah erlebt, wie sehr sie sich zugetan waren, als ich noch ganz klein war. Um sich den Wünschen seiner Familie derart zu widersetzen, müssen sie sich schon sehr geliebt haben."

Joel schüttelte den Kopf, so als würde die Liebe gar nichts daran ändern. „Und was ist mit dem Verkauf der Beerenfirma? Glaubst du, dass es dabei um Liebe ging oder um Geld?"

„Großvater hat das Geld für den Bau und die Ausstattung der örtlichen Schule verwendet, denn dafür brannte sein Herz, genau wie bei meinem Vater und meiner Schwester", betonte Hanna. „Und wissen wir, ob er deiner Familie die Möglichkeit geboten hat, das Unternehmen zu erwerben? Können wir wirklich wissen, wie jeder der Beteiligten reagiert hat? Und hat er außerdem nicht auch sichergestellt, dass die neuen Eigentümer des Unternehmens während der Beerenernte Einheimische anstellten, damit die Jobs nicht von der Insel verschwinden?"

„Genau wie ich mir dachte, versuchst du, alles zu verdrehen."

„Nein, ich stelle nur Fragen. Fragen, auf die ich in den Archiven die Antworten finden kann, Joel." Als sein Gesichtsausdruck dabei war ihr zu verraten, dass er ihre Bitte erneut abschmettern würde, so wie jeder gute Seemann es getan hätte, schlug sie augenblicklich einen anderen Kurs ein. „Ich mache morgen früh ein Interview mit Milton Forsythe."

„Im Meeresschutzbüro?"

Hanna nickte. „Mister Forsythe hat die Fehde zwar nicht selbst miterlebt, aber sein Vater fungierte während der ganzen Zeit als Vermittler zwischen unseren beiden Familien. Ich würde mich freuen, wenn du mich begleiten würdest."

„Du würdest was?" Verwunderung verwandelte sich in Misstrauen, als er fragte: „Warum das denn?"

„Ich möchte wirklich Zugang zu diesen Archiven, Joel. Und dazu muss ich dir erst beweisen, dass du mir vertrauen kannst."

„Du glaubst also, wenn ich mit dir zu Milton gehe, ändere ich meine Meinung?"

„Ja, das hoffe ich", sagte Hanna. „Komm mit mir. Überzeuge dich selbst davon, dass ich ihm keine Worte in den Mund lege. Und dass ich fair bin. Wenn du danach zufrieden bist, erwarte ich aber auch, dass ich Zugang zu den Archiven bekomme."

Joel schien nachzudenken. „Und wenn ich das nicht bin?"

„Dann wirst du natürlich auch nicht deine Meinung ändern und ich werde nach irgendeiner anderen Lösung suchen, um an die Antworten zu kommen, die ich benötige."

„Dann versprichst du mir also nicht, dass du die Finger von der Vergangenheit lassen wirst?"

„Wenn mir etwas am Herzen liegt, kann ich es nicht einfach vergessen. Diese Dokumentation wird zustande kommen. Fragt sich nur, ob mit oder ohne dich."

Einen Augenblick lang zweifelte sie, ob sie vielleicht zu weit gegangen war. Joel erweckte in der Tat den Anschein, als würde er gleich *ohne mich* sagen. Aber das war ganz bestimmt nicht die Antwort, die sie hören wollte.

Glücklicherweise stimmte Joel aber zu und sagte schließlich: „In Ordnung. Ich werde dich zu Mister Milton begleiten."

KAPITEL 5

Miltons Wohnung war aufgrund ihres besonderen Charakters ein richtiges Museum. Sie war bis oben hin voll mit Relikten aus Jahrzehnten professioneller Walbeobachtung und enthielt alles, von der Sammlung von Rückenflossen bis zur ramponierten Schwimmweste aus einem ausrangierten Boot. Von seinem Wohnzimmer aus hatte man auch eine der schöneren Aussichten der ganzen Insel, denn man blickte über eine kleine Sandbucht direkt aufs Wasser.

„Wenn du jeden Morgen den Ozean sehen kannst", sagte er ihnen, während sie die Aussicht bewunderten, „und sich die Wale direkt vor deinem Fenster tummeln, dann fühlst du dich, als wärst du ein fester Bestandteil von allem. So wie eure beiden Familien zu dieser Insel gehören."

Obwohl Hanna froh darüber war, dass Joel wie versprochen und trotz seiner offensichtlichen Abneigung ihrem Vorhaben gegenüber mit ihr zum Interview gekommen war, hatte sie Bedenken, dass er ihr womöglich in die Quere kommen würde, wenn sie die Fragen stellte, die sie stellen musste. Zum Glück hatte

Joel Milton lediglich herzlich gegrüßt, ihm ein paar Fragen zu den Meeresschutzbooten gestellt und dann Hanna ungestört ihre Kamera aufbauen und ihre Fragen stellen lassen.

Wenn überhaupt, dann war Milton es, der im Verlauf des Interviews die Sache etwas kompliziert machte. Natürlich tat er das nicht bewusst. Da er sein Augenmerk immer wieder auf die Geschehnisse des Jahres 1951 richten musste, hatte er kaum Gelegenheit, all die Geschichten über die Rettung gestrandeter Wale, Tauchgänge und die neuesten Forschungsergebnisse der mit den örtlichen Universitäten zusammenarbeitenden Wissenschaftler an den Mann bzw. an die Frau zu bringen.

„Die meisten Forscher sind ganz okay", sagte er und nahm ein Schlückchen von seinem Kaffee. Hanna hatte von ihrem gekostet, ihn dann aber höflich beiseite gestellt. Milton hatte offensichtlich ein besseres Händchen für Wale als für Kaffee. „Man trifft aber immer wieder auch auf welche, die meinen, nur weil sie einen Doktortitel haben, hätten sie mehr Ahnung als wir, die wir unser ganzes Leben hier auf der Insel verbracht und mit dem Meer gearbeitet haben."

„Was wissen Sie über die Peterson-Walker-Hochzeit, Milton?", fragte Hanna, um das Gespräch wieder in die geplante Richtung zu lenken. „Könnten Sie vielleicht ein paar Ihrer Erinnerungen an diese Zeit mit uns teilen?"

„Ich war damals noch ein kleiner Junge, kann mich aber noch recht gut an die Vorbereitungen erinnern, die überall auf der Insel stattfanden. Alle wollten natürlich an der geplanten Hochzeit teilhaben, aber es ging den Leuten nicht nur darum zu feiern. Die Inselbewohner freuten sich wirklich für eure Familien. Die Verbindung schien in jeder Hinsicht Sinn zu machen." Er hielt kurz inne, während er zwischen Hanna und Joel hin- und hersah und die Kamera völlig ignorierte. „Wenn ich es mir aber so recht überlege, dann wette ich, dass dies hier eines der ersten Male ist, dass ein Peterson und eine Walker sich wieder unter ein- und demselben Dach befinden."

„Wir waren zusammen auf der Schule", gab Hanna zu bedenken.

„Und gestern platzte Hanna plötzlich in mein Büro", fügte Joel hinzu.

Milton schob ihre Kommentare beiseite. „Ach, das zählt ja nicht. Was ich damit sagen will ist, dass dies hier das erste Mal in über sechs Jahrzehnten sein muss, dass Mitglieder eurer Familien *aus freien Stücken* im selben Raum waren. Ich muss zugeben, dass ich ganz schön überrascht war, als Hanna mir erzählte, dass ihr heute beide kommen würdet. Von Poppys Selbstmord an waren eure beiden Familien nie mehr völlig einer Meinung, egal worum es ging, nicht wahr?"

Hanna hatte plötzlich das Bild vor Augen, wie Joels Großtante Poppy als junge Frau völlig verzweifelt aufs Meer hinaus segelte. Da es aber immer noch so viele Dinge gab, von denen sie nichts wusste, war ihre Vorstellung ziemlich vage. Sie wusste ja nicht einmal, wie

Poppy wirklich ausgesehen hatte. Bevor sie jedoch alle nötigen Informationen einholen konnte, musste sie sicherstellen, dass Joel mit ihren Fragen leben konnte.

„Ich würde Milton gerne ein paar Fragen über Poppy stellen, Joel. Aber nur, wenn das okay für dich ist."

Ihre Frage schien ihn zu überraschen. Und es schien ihn sogar ein wenig zu freuen, dass sie daran gedacht hatte, ihn zu fragen. „Ich habe nichts dagegen", versicherte er ihr.

Es war nur so, dass Hanna nicht recht wusste, ob sie ihm glauben sollte, zumal sie begriffen hatte, wie wichtig Joel die Familiengeschichte der Petersons war. Und Poppys offensichtlicher Selbstmord war sicherlich der empfindlichste Teil an der ganzen Sache.

Nun hatte sie die Möglichkeit, endlich ein paar Antworten zu bekommen. Da sie Joel aber nicht verletzen wollte, stellte sie ihre erste Frage mehr als nur zögerlich: „Können Sie uns erzählen, woran Sie sich in Bezug auf Poppy erinnern, Milton?"

„Sie verschwand eine Woche nach der Hochzeit von William Walker II. und Ava und über Einzelheiten verlor niemand ein Wort. Und das nicht allein, weil beide Familien mit dem Verlust klarkommen mussten, sondern weil jeder auf der Insel befürchtete, seinen Job zu verlieren."

Hanna versuchte sich zurück in die beginnenden 50er-Jahre und in die Lage der Inselbewohner zu versetzen. Ein guter Filmemacher brauchte Einfühlungsvermögen; aber was war Einfühlungsvermögen anderes als reine Vermutung? Hätte sie sich tatsächlich je vorstellen können, wie es war, in Bezug auf ihren Lebensunterhalt zwischen zwei Familien gefangen zu sein, die so gut wie den gesamten Arbeitsmarkt auf der Insel kontrollierten?

„Auch die Gerüchteküche brodelte ziemlich heftig", fügte Milton hinzu.

„Um welche Gerüchte ging es?"

Von Miltons unbehaglichem Gesichtsausdruck konnte sie schließen, dass sie vermutlich nichts Näheres darüber hören würde wollen. Wenn man aber eine Dokumentation machen wollte, musste man auch in solchen Situationen aufs Ganze gehen. Sie musste alles filmen, selbst wenn einige der neuen Erkenntnisse schmerzhaft waren.

„Wie ich vorher schon sagte, drehten sich einige der Gerüchte natürlich um die Beerenfirma deiner Familie", erklärte Milton. „Alle dachten, dass dein Großvater verkaufen würde, Hanna, aber keiner ahnte zum damaligen Zeitpunkt, wie er den Deal aushandeln würde. Ich nehme an, die Angst aufgrund der Ungewissheit war riesengroß und angesichts der realen Situation übersteigert. Vielleicht haben sie auch deshalb …"

Als er zu sprechen aufhörte, forderte sie ihn auf fortzufahren. „Sie müssen sich keine Sorgen machen. Sie werden meine Gefühle mit nichts, was Sie sagen, verletzten, das verspreche ich."

„Nun gut", fuhr er schließlich fort, „sie haben so viel

entsetzliche Dinge über Ava gesagt."

Ihr Herz schlug dumpf in ihrer Brust, als Joel sagte: „Hanna, ich weiß, dass du diese Doku machen willst, aber das hier musst du dafür nicht unbedingt wissen."

Sie wusste jedoch ganz genau, wie großartig ihre Großmutter war. Und das hieß einzig und allein, dass jede Abscheulichkeit nur eine Lüge war.

Und wie hätte sie eine Lüge anfechten können, wenn sie nicht wusste, was genau man sich damals erzählt hatte?

Sie atmete tief durch, um sich wieder zu beruhigen, und fragte: „Was wurde damals denn herumerzählt?"

Milton war sichtlich peinlich berührt, als er ihr darüber erzählte: „Sie soll in einem Nachtclub getanzt haben. Die Lokale waren damals natürlich ganz anders als jene, in denen die Tänzerinnen heute auftreten, weit seriöser, zuweilen auch viel eleganter. Und trotzdem kannst du dir vielleicht vorstellen, was die Leute sich hinter vorgehaltener Hand über Ava erzählt haben. Sie alle waren ja der Ansicht, dass sie sich nicht nur den Walker-Erben geangelt hatte, sondern dachten auch, dass sie ihn dazu zwingen wollte, das Unternehmen zu verkaufen."

Hanna zuckte zusammen. Es musste ungeheuer schwierig für ihre Großmutter gewesen sein zu wissen, dass die Leute hinter ihrem Rücken über sie redeten. Und doch war Ava, als Hanna von ihrem Doku-Vorhaben erzählte, selbstlos genug gewesen, ihr zu sagen, dass sie der Geschichte nachgehen sollte. Sie hatte das gesagt, obwohl sie wusste, dass dadurch womöglich all das Getuschel und die schrecklichen Vermutungen wieder aufflammen würden. Schuldgefühle machten sich in Hannas Brust breit. Heute Abend würde sie ihre Großmutter so fest umarmen, wie es nur möglich war.

„Und was war mit Poppy?", fragte Hanna. „Was sagten die Leute über sie? Wie gingen sie mit ihrem plötzlichen Verschwinden um?"

Milton saß da und hatte seine Hände fest um seine warme Kaffeetasse geschlungen, während er über seine Antwort nachdachte. „Die meisten von ihnen konnten nicht verstehen, warum ein Mann wie dein Großvater sich die Chance auf eine Heirat mit Poppy entgehen ließ. Und das für …"

„Für eine Tänzerin, die er eben erst kennengelernt hatte?", wandte Hanna ein, als Milton seinen Gedanken nicht zu Ende führte.

Er nickte entschuldigend. „Du weißt, dass ich deine Großmutter sehr gern habe, aber leider haben die Leute genau das gedacht. Noch dazu glaube ich, dass sie alle Poppy ungeheuer bedauerten. Ihrer Meinung nach würde sich der Laufpass, den ihr ihr Verlobter verpasst hatte, für immer wie ein Schandfleck in ihrem Lebenslauf ausmachen. Mein Vater hat dann auch nicht mehr als Berater für die beiden Familien gearbeitet, weil er in dem ganzen Chaos nicht unter die Räder kommen wollte."

Hanna ahnte, dass Milton dabei war, in eine andere Richtung abzubiegen. Zur Rolle seines Vaters wollte sie ihn später noch befragen. Doch nun sprach er über etwas, das viel zu wichtig war, um davon abzulenken.

„Wenn Sie sagen, dass das Verlassenwerden durch meinen Großvater sie ‚ihr Leben lang verfolgt hätte', meinen Sie damit, dass Poppy sich schämte? Sich betrogen fühlte? Oder vielleicht etwas anderes?"

Erneut ließ Milton sich mit seiner Antwort Zeit, um über ihre Frage nachzudenken. „Ehrlich gesagt glaube ich, dass alle sich ihretwegen so gefühlt haben, wenn Sie verstehen, was ich meine? Ich war noch ein Kind, erinnere mich aber noch daran, wie die Leute darüber gesprochen haben, dass eine sitzengelassene Braut eigentlich viel bestürzter angesichts der ganzen Situation hätte sein müssen."

„Bestürzter? Ich dachte, sie hätte sich umgebracht?"

„Ich weiß, dass es so war", sagte er und warf einen bedauerlichen Blick auf Joel. „Aber selbst heute kann ich nicht zurückblicken, ohne dass es mir *falsch* erscheint. Denn obwohl dein Großvater sie für deine Großmutter verlassen hatte, schien Poppy mir glücklich zu sein."

„Sind Sie sicher?" Hanna konnte nicht umhin, ihn das zu fragen. „Nach allem was passiert war, hatte sie mehr als nur einen Grund, bestürzt zu sein."

„Ich weiß", sagte Milton, „aber ich weiß auch, was ich damals wahrgenommen habe. Alle *anderen* Petersons waren fassungslos. Einige von ihnen waren total wütend, weil der Deal mit den Walkers nun nicht zustande kam. Andere wiederum ärgerte es maßlos, dass William seine Verlobung mit Poppy aufgelöst hatte. Poppy selbst erweckte doch keineswegs den Anschein, als wäre sie irgendwie verärgert oder erschüttert. In der Tat war es auch so, dass ich sie am Morgen jenes Tages, an dem William und Ava heiraten sollten, unten in der Eisdiele gesehen habe, wo sie Süßigkeiten gekauft hat. Mir hat sie Gummibärchen spendiert."

„Vielleicht wollte sie sich ja auch einfach nichts anmerken lassen", deutete Hanna an.

„Das haben alle bei ihrem Anblick gesagt: wie tapfer sie doch war. Einige von ihnen gaben aber auch irgendwelchen Quatsch von sich, wonach Menschen, die sich selbst umbringen wollen, glücklicher wirken, nachdem sie den Entschluss gefasst haben. Doch selbst als die Leute von einem Abschiedsbrief erzählten, konnte ich es einfach nicht glauben."

„Möchten Sie damit wirklich sagen, dass ihr Abschiedsbrief gar kein Abschiedsbrief war?", fragte Joel.

Es war das erste, das Joel seit geraumer Zeit von sich gegeben hatte. Hanna sah erneut zu ihm hinüber. Sie wollte sichergehen, dass es ihm gut ging. Nachdem sie zu der Überzeugung gelangt war, dass er eher neugierig als verärgert wirkte, wandte sie sich wieder Milton zu, der nickte.

„Poppy hatte immer schon Gedichte verfasst, die sie in Notizhefte kritzelte. Einmal hat sie mir eines davon vorgelesen. Ich war aber noch viel zu jung, um zu verstehen, wie gut es war", sagte Milton. „Ich habe das letzte Gedicht, das sie hinterlassen hat, zwar nie zu Gesicht bekommen, aber ich habe ein paar Mal gehört, wie es auswendig aufgesagt wurde. Die Petersons haben versucht, es für sich zu behalten, doch es gab genügend Leute, die es gesehen hatten. Und es gab stets auch ein paar Kinder, die fanden, dass Poppys letztes Gedicht irgendwie romantisch klang."

„Das erklärt aber immer noch nicht, weshalb Sie glauben, dass das Ganze auch eine sozusagen glückliche Seite hatte", sagte Hanna, die es nicht auf sich beruhen lassen wollte.

„Ich denke, es war der Ton des Gedichts. Es ist etwas schwer zu erklären, wenn man es nicht kennt. Und ich war nie gut darin, mir Gedichte zu merken. Aber es hörte sich sicher nicht an, als wäre es von jemandem verfasst worden, der jegliche Hoffnung in Bezug auf sein Leben aufgegeben hatte." Milton schüttelte den Kopf. „Natürlich war ich noch ein Kind und hatte dadurch vielleicht einen falschen Eindruck."

Als sie bemerkte, dass er nicht länger über Poppys Gedicht sprechen wollte, lenkte Hanna das Interview auf die Arbeit seines Vaters im Dienste der Petersons und der Walkers und befragte ihn dann zu seiner aktuellen Tätigkeit im Naturschutz. Sie war sich nicht sicher, ob irgendetwas davon es in die Doku schaffen würde, außer vielleicht als Hintergrund. Aber warum sollte sie nicht weiteres Bildmaterial sammeln, wenn sich ihr die Gelegenheit dazu bot?

Jedenfalls schien Milton weit lieber über seine Arbeit zu sprechen als über Poppy. Gott sei Dank hatte sich Joels Gesichtsausdruck ebenfalls ziemlich entspannt, als sie sich schließlich von Milton verabschiedeten und sich auf den Weg zurück in die Innenstadt machten.

Dennoch benötigte Hanna einige Minuten, um sich ein Herz zu fassen und zu sagen: „Ich glaube, wir beide sollten uns jetzt unbedingt Poppys letztes Gedicht ansehen.”

KAPITEL 6

„Du hast es doch, nicht wahr?", fragte Hanna, als Joel nicht umgehend reagierte. „Es ist nicht verlorengegangen oder wurde vernichtet, stimmt's?"

„Es ist bei mir zuhause", versicherte er ihr. „Ich habe es als Kind gelesen, da meine Familie wollte, dass ich verstand, was vorgefallen war. Und ich bin mir sicher, dass es hilfreich für deine Dokumentation sein wird." Er klang beinahe schon wohlwollend. „Aber sogar damals wollte meine Familie nicht, dass zu viele Menschen die Aufzeichnungen zu Gesicht bekommen."

„Was das Interview betrifft, war ich fair, nicht wahr?"

Einen langen Augenblick über starrten sie sich gegenseitig an, bevor er schlussendlich sagte: „Okay, ich werde dich einen Blick darauf werfen lassen. Aber nur, weil ich mir denken kann, dass du ansonsten wahrscheinlich kreuz und quer über die Insel rennst, um jemanden zu finden, der sich an eine oder zwei Zeilen des Gedichts erinnert, um es dir dann wieder zusammenzureimen."

Hanna konnte sich das Lachen gerade noch verkneifen. Offenbar hatten sie bereits genug Zeit miteinander verbracht, damit Joel erahnen konnte, dass sie mehr als nur beharrlich an ihrem Vorhaben festhalten würde. Sie selbst hatte hingegen begriffen, dass er alles tun würde, um seine Familie zu schützen. Genau wie sie.

Sie war hin- und hergerissen zwischen dem Verlangen, das für die Dokumentation nötige Material so rasch wie möglich zu sammeln und dem Wunsch, die Nachforschungen in die Länge zu ziehen, nur um mehr Zeit mit Joel zu verbringen und ihn näher kennenzulernen.

„Wenn du es erst einmal gelesen hast", klärte er sie auf, „wirst du sehen, dass Milton sich irren muss. Er war damals ja noch ein Kind."

Selbst wenn Joel dachte, dass das Lesen des Gedichts zu nichts führen würde, war sie begeistert davon, Einblick in sein Allerheiligstes zu bekommen. Und das nicht allein, weil sie dadurch etwas Verwertbares für ihre Doku über seine Familie herausfinden konnte.

Nein, es ging ihr ganz einfach darum, mehr über *ihn* in Erfahrung zu bringen.

„Kannst du dir also nicht vorstellen", fragte sie ihn, während sie nahe genug durch die Massen von Sommertouristen gingen, dass sie problemlos Händchen halten hätten können, „dass Poppys Verschwinden vielleicht doch nur ein tragischer Unfall war?"

„Sie stammte aus einer Schifffahrtsfamilie. Mein Vater hat mir schon Segeln beigebracht, da konnte ich kaum laufen. Wir waren fast jedes Wochenende draußen auf dem Wasser. Das war bei Poppy sicher auch so. Und sie wusste ganz bestimmt auch über den Witterungsverlauf Bescheid und hätte auch mit einem unerwarteten Sturm umzugehen gewusst.”

Joel schien auf dem Weg zu seinem Zuhause viel entspannter als in Anwesenheit von Milton. Einige Male blieb er stehen, um kurz zu plaudern, wenn jemand ihn grüßte. Es war beinahe so wie sie stets von den Leuten gegrüßt wurde, weil sie eine Walker war, und ihr wurde klar, dass Joel ebenso viel Aufmerksamkeit zuteilwurde, weil er ein Peterson war.

Es gab jedoch einen peinlichen Moment, als sie an einer der älteren Bewohnerinnen der Insel vorübergingen. Die grauhaarige Frau trug eine Staffelei mit sich und zählte offensichtlich zu den Künstlern, die auf der Insel beheimatet waren.

„Schämen Sie sich”, murmelte sie, als die beiden an ihr vorbeigingen.

„Wie bitte?”, fragte Hanna, da sie nicht verstanden hatte.

Der Blick, den ihr die Dame zuwarf, war um ehrlich zu sein etwas angsteinflößend, so eindringlich war er. „Ich habe nicht mit Ihnen gesprochen, Mädchen.” Sie starrte finster auf Joel. „Schämen Sie sich denn nicht, mit einer Walker herumzuziehen? Was würde Ihr Vater wohl darüber denken? Und was würde Ihr Großvater sagen?”

Hanna zuckte selbst dann zusammen, als Joel die Stirn in Falten legte und den Kopf schüttelte. „Sie sollten sich besser auf Ihre Malerei konzentrieren, Greta.”

Die Frau blickte ihn finster an und ging weiter.

„Danke", sagte Hanna leise.

„Kein Problem."

Offensichtlich war es aber ein Problem. Und noch dazu ein *großes*. „Die Leute scheint es offensichtlich noch immer ziemlich aufzuregen, dass wir beide Kontakt haben, nicht wahr?"

„Natürlich tut es das. Hast du tatsächlich angenommen, dass es anders sein würde?"

Und dennoch hatte er für sie Stellung bezogen. Was bedeutete das? Hanna beschloss, sich später Gedanken darüber zu machen. *Nachdem* sie sich Poppys letztes Gedicht angesehen hatten.

Das Haus der Petersons war weit genug von seinem Büro entfernt, um Privates und Geschäftliches trennen zu können. Es war jedoch auch nahe genug, damit Joel jeden Morgen binnen kurzer Zeit zu Fuß dorthin gelangen konnte. Sein Haus war zwar etwas in die Jahre gekommen, aber gepflegt und wegen der salzigen Meeresluft, die ihm stets zusetzte, sorgfältig neu gestrichen worden. Sogar von seinem äußeren Erscheinungsbild konnte man schließen, dass viel Liebe in das Haus investiert worden war.

„Weißt du", sagte Hanna und versuchte dabei, Milton so gut sie konnte zu imitieren, als Joel sie ins Haus bat: „das ist erst das *zweite* Mal in sechzig Jahren, dass sich ein Peterson und eine Walker unter ein- und demselben Dach befinden."

Sie war überaus freudig erregt, da sie Joel ein echtes Lächeln entlockt hatte, und ihr Herz sprang in ihrer

Brust, als sie sich umdrehte, um die Meeresdrucke und -fotografien in seinem Flur zu betrachten, die neben einer großen Landkarte der Insel und des sie umgebenden Ozeans hingen. Die Einrichtung vermittelte eine funktionelle und maskuline Atmosphäre. Und wenngleich sie sich ihn nicht vorstellen konnte, wie er sich Stunden mit Innenarchitektur beschäftigte, traute sie ihm *durchaus* zu, dass er jedes Möbelstück in seinem Zuhause mit äußerster Sorgfalt ausgewählt hatte.

„Das hier ist die *Sea Spray*", sagte Joel, als er bemerkte, wie sie das maßstabgetreue Modell eines Muschelbootes auf dem Treppenabsatz bewunderte. „Sie war das erste Schiff, das ich in Auftrag gegeben habe, nachdem ich die Geschäfte übernommen hatte."

In gewisser Weise konnte sie sich Joel nur schwer vorstellen, wie er ein Boot wie dieses in Auftrag gab, zumal er in ihrer Erinnerung immer nur der Schulquarterback gewesen war, für den sie schwärmte. Deshalb beeindruckte es sie einmal mehr, dass er das Familienunternehmen leitete und gleichzeitig verantwortlich für so viele Arbeitsstellen auf der Insel war. Sein Arbeitspensum war schlichtweg gigantisch für nur eine Person. Noch dazu wurde ihr immer klarer, wie sehr er das Wasser liebte. Ehrlich gesagt konnte sie sich kaum vorstellen, dass er den ganzen Tag in den Büros der Reederei Peterson arbeitete. Vielleicht passte er gut an Deck eines seiner Schiffe, aber sicher nicht in diesen kleinen, miefigen Raum mit einer enganliegenden Krawatte um den Hals.

„Ich habe einen Großteil der alten Sachen meiner Familie oben auf dem Dachboden verstaut."

Da man sich auf dem Dachboden nur auf allen Vieren fortbewegen konnte und dorthin auch nur eine wackelig aussehende Leiter führte, ging Joel zuerst nach oben und nahm eine Taschenlampe mit. Hanna folgte ihm und nahm dankbar seine Hand, als er ihr sie anbot, um ihr hoch zu helfen.

Als seine Hand die ihre umfing und er sie auf den Dachboden zog, sodass sie direkt vor ihm zu stehen kam, hätte Hanna nicht leugnen können, wie sehr sie sich zu Joel hingezogen fühlte, selbst wenn sie das gewollt hätte. Sie konnte nur noch daran denken, dass es, hätte sie sich nach vorne gebeugt und ihm einen Kuss auf seine Lippen gedrückt, *ganz bestimmt* das erste Mal in sechzig Jahren gewesen wäre, dass eine Walker einen Peterson küsste.

Angesichts der Art und Weise, wie Joels Augen ihre Augen fixierten war sie sich nahezu sicher, dass er genau dasselbe dachte. Noch bevor sie aber mit einem Kuss alles aufs Spiel setzen konnte, sagte er vermittelt: „Ich glaube, Poppys Notizbücher sind weiter hinten."

Sie fragte sich, ob er ihr gegenüber wirklich so blind war, während sie einen enttäuschten Seufzer von sich gab, als er sich von ihr entfernte.

Aber wie war das nur möglich? Sie hätte doch schwören können, dass seine Augen zusehends mehr glühten, wenn sie sich so nahe kamen?

Ebenso wie sie die Antworten dahingehend, was wirklich zwischen den Petersons und den Walkers vorgefallen war, herausfinden musste, musste sie sich auch diesbezüglich Klarheit verschaffen. „Joel …"

„Ich glaube, ich hab's." Er fasste mit seiner Hand tief in die Schachtel und zog ein altes, in Leder eingebundenes Notizbuch hervor. Darin lag ein gefaltetes Blatt Papier, das auf einer Seite herausragte. „Das ist der Zettel. Zum Lesen haben wir unten mehr Licht."

Und mir nichts dir nichts war der intime Augenblick vorüber, als Joel wieder voraus über die Leiter nach unten ging und Hanna half, bevor er den Dachboden wieder sorgsam abschloss. Das alte Notizheft nahmen sie mit die Treppe hinunter in ein Wohnzimmer, in dem der niedrige Wohnzimmertisch aussah, als hätte man ihn aus einer Kapitänskajüte geklaut.

Mit Joels Erlaubnis nahm Hanna ihre Kamera heraus und filmte aufmerksam mit, als er den Zettel auf den Tisch legte. Sie achtete darauf, die Szene optimal aufzunehmen, bevor sie das Geschriebene laut vorlas.

Glücksgefühle aus gebrochenen Versprechen
Den Wogen meiner Familie entgegengeschleudert
Aus einem dem Ozean geweihten Leben entschwindend
Dem Sonnenuntergang entgegen segelnd
Dies eine Mal auf meinem eigenen Kurs
Ein neuer Anfang kommt mit der Morgenflut

„Es ist so lange her, dass ich diese Zeilen gelesen habe", sagte Joel. „Ich hatte schon vergessen, wie es sich anfühlte, sie zu lesen."

„Das Gedicht ist wunderschön und nicht annähernd so düster, wie ich erwartet hatte”, bemerkte Hanna und las es erneut. „Die Stelle mit dem Neuanfang in der morgendlichen Flut …”

Joel schüttelte den Kopf. „Meine Eltern haben mir immer erzählt, dass sie das geschrieben hat, weil sie annahm, dass ihr Körper weggespült werden würde, da man ihr ihre Zukunft und ihren Stolz genommen hatte.”

Hanna richtete die Kamera vorsichtig auf ihn. „Ja, aber glaubst du das *jetzt* auch noch, nachdem du es nochmals gelesen hast?”

Joel hob seinen Blick, sah die Kamera und runzelte geringfügig die Stirn. „Ich weiß nicht. Die Zeilen verweisen an mehreren Stellen auf das Verlassen der Insel, aber es gibt auch Sätze, die sich anhören, als würden sie von Neuanfängen handeln, denke ich. Der Abschnitt mit den ‚neuen Anfängen‘ und auch wie das Gedicht mit dem Wort ‚Glücksgefühle‘ beginnt.”

Hanna nickte. „Es sieht beinahe so aus, als hätte sie sich auf das gefreut, was vor ihr lag. Vielleicht war sie gar nicht so niedergeschlagen, wie alle annahmen.”

„Oder vielleicht interpretierst du das Gedicht nur so, weil du es so für deine Dokumentation haben *willst*.”

Hanna senkte die Kamera. „Das würde ich nicht machen, Joel. Ich *werde* das auch nicht machen. Ich werde diese Geschichte aber weiterverfolgen, egal wohin sie führt. Und ich werde mein Bestes geben, damit die Fakten für sich sprechen.”

„Aber die Fakten allein sprechen nicht für sich”,

behauptete Joel beharrlich. „Es ist immer die Person, die die Geschichte macht. Und wenn du es in diesem Fall bist, die die Geschichte erzählt …"

„Dann kann ich nur versuchen, sie so ehrlich wie möglich zu erzählen. Und das werde ich auch. Ich bin nur hier, um alle Einzelheiten zusammenzutragen." Sie musste es einfach wissen: „Willst du mir nun ernsthaft sagen, dass ich aufhören soll, wo wir doch gerade erst unsere Recherchen und etwas darüber herausgefunden haben, was unseren Familien 1951 passiert ist, das alles auf der Insel verändert hat?"

„Würdest du denn aufhören, wenn ich dich darum bitten würde?"

„Ich muss diese Geschichte einfach erzählen", sagte sie mit ruhiger Stimme zu ihm. „Möchtest du denn keine Antworten?"

„Vielleicht", gab Joel zu. „Ich gebe ja zu, dass du begonnen hast Dinge auszugraben, in Bezug auf die auch ich Fragen habe. Aber das … das ist eine Riesensache."

Hanna wollte ihn schon an ihre Abmachung erinnern. Wenn er mit ihrem Interview zufrieden war, wollte er sie in die Archive lassen. Joel war aber nicht jene Art Mann, die man zu irgendetwas zwingen konnte.

„Hör mal", sagte sie, „offensichtlich brauchst du Zeit, um über das Ganze nachzudenken. Und ich muss rüber ins Tanzstudio und die Tanzvorführung der Schüler filmen. Ava, Emily, Rachel und ihre Tochter Charlotte werden auch dort sein."

„Ich habe mich immer schon gefragt", sagte er, „wie

es wohl gewesen wäre, wenn ich selbst eine so große Familie gehabt hätte."

„Es ist das absolute Chaos." Hanna verband ihre Aussage jedoch mit einem Lächeln. „Das schönste Chaos, das man sich vorstellen kann."

KAPITEL 7

An jenem Abend, an dem Hanna die Aufführung in der Tanzschule ihrer Familie filmte, dachte sie, wie schön es doch war, wieder zuhause zu sein. Jeder Zentimeter des Studios mit seinen abgenutzten Böden und den Spiegeln, die entlang der Wände angebracht waren, ließ Erinnerungen in ihr aufleben. Als junges Mädchen hatte sie zusammen mit ihrer Großmutter und ihren Schwestern so viele Stunden dort verbracht, dass es sich beinahe ebenso sehr wie ein Nachhausekommen anfühlte, wie sich die Rückkehr ins Elternhaus angefühlt hatte.

Hanna stand neben der kleinen Bühne und war wie immer erstaunt darüber, wie anmutig sich die Mädchen gemeinsam über das Parkett bewegten. Grandma hatte sie perfekt unterrichtet. Beziehungsweise war es nun wohl eher Paige gewesen, die es ihnen beigebracht hatte, während Ava wohlwollend zusah und gelegentlich die Körperhaltung oder Posen der Schülerinnen dezent korrigierte. Paige führte die Tanzschule nun eigentlich schon seit Jahren, wenngleich sie darauf pochte, dass Großmutter das Sagen hatte. Sie sperrte in der Regel morgens die Tanzschule auf, gab die meisten Stunden und nun saß sie an einem Tisch in der Ecke und lächelte dankbaren Eltern zu, während sie deren Kinder für die Kurse des nächsten Semesters registrierte.

Hanna hatte in diesem Alter auch ein wenig getanzt. Vor allem, weil sie ihren älteren Schwestern nacheifern wollte. Sie war jedoch zweifelsohne besser dran, die Auftritte zu filmen, als selbst dabei mitzuwirken. Und manchmal kam ihr in den Sinn, dass es womöglich ebenso wichtig war, vom Rande aus zuzusehen, als mittendrin mitzumischen. Jemand musste schließlich das Ganze festhalten. Und dank des Materials, das Hanna auf Film bannte, würden sich sowohl Eltern als auch Schüler noch Jahre lang an diese entzückende Vorstellung erinnern können.

Obwohl die Aufführung bereits beendet war, filmte Hanna immer noch weiter. Die Tanzvorführung war sorgfältig bis zur Perfektion ausgefeilt worden. Alles andere war das echte Leben: Kinder liefen lachend und spielend umher, während ihre Eltern ihren Bewegungsdrang im Zaum zu halten suchten, Tänzer und Tänzerinnen gratulierten einander, Freunde hielten Blumensträuße für ihre Liebsten in Händen.

Hanna stellte fest, dass ihr kleine Nichte Charlotte sich nach Beendigung der Vorführung weit mehr amüsierte als sie es zu irgendeinem Zeitpunkt der eigentlichen Darbietung getan hatte, denn die Fünfjährige lief mit einem Ballettröckchen auf dem Kopf durch die Gegend, während Hannas Schwester Rachel hinter ihr herjagte. Unterdessen ließ Emily die Ballerinas sich für ein Foto aufstellen und versuchte, die Mädchen sorgfältig nach Größe zu ordnen, wobei diese ihre Position immer wieder veränderten.

Hanna war als einzige der Schwestern nicht damit beschäftigt, angehende Tänzer und Tänzerinnen zu gruppieren oder neue Schüler zu registrieren. Deshalb zog sie auch in Erwägung, gemeinsam mit Paige oder Emily oder Rachel mitanzupacken. Doch soweit sie es beurteilen konnte, schienen sie alles unter Kontrolle zu haben. Außerdem war sie ohnehin noch damit beschäftigt, das ausgelassene Chaos mit ihrer Kamera einzufangen.

Sie hatte sich schon öfter gefragt, ob sie wohl immer diese Rolle übernehmen und dem Leben zusehen würde, während die anderen es lebten?

Oder hatte sie einfach nur gelernt, sich aus diesen Dingen herauszuhalten, weil sie die jüngste der Walker-Schwestern war?

Wie oft hatten die anderen denn, während sie heranwuchs, ihre eigenen Interessen vernachlässigt, um auf sie aufzupassen? Vor allem nachdem ihre Mutter gestorben war. Es war in gewisser Weise so, als hätte sie vier Mütter gehabt und nicht vier ältere Schwestern, allerdings solche ‚Mütter', die hin und wieder auch über besonders süße Jungs an der Schule mit ihr tratschten.

Hanna schwenkte ihre Kamera, um noch ein weiteres Mitglied ihrer Familie ausfindig zu machen. Michael war genau genommen zwar kein echter Walker, er hatte aber so viel Zeit in ihrem Haus verbracht, dass es letztlich darauf hinauslief. Er war ein gutaussehender großer Bruder, der stets zur Stelle war, wenn eine helfende Hand gebraucht wurde, und manchmal auch, um sie zu ärgern. Zurzeit schien er Emily, mehr als irgendjemand anders, mit beidem zu beglücken.

Im Augenblick war er dabei, das Knie einer der Ballerinas mit einem Pflaster zu verarzten, während die Mutter der Verletzten nicht von Michaels Seite wich und immer dann auf die Schramme starrte, sobald Michael in ihre Richtung sah, ihn die übrige Zeit jedoch pausenlos beäugte.

„Vielen Dank für Ihre Hilfe", sagte die Frau, als Hanna sich etwas näherte. „Vielleicht kann ich mich mit einem Abendessen revanchieren?"

Hanna hätte nur allzu gerne gewusst, wie viele der anwesenden Singlemütter in jenem Moment innerlich fluchten, weil sie sich nicht selbst dieser List bedient hatten. Angesichts der Tatsache, dass Michael seinen Kopf schüttelte und das Angebot wie so oft höflich ablehnte, wären es vermutlich nicht mehr ganz so viele gewesen.

Im Mittelpunkt des ganzen Spektakels stand letztlich Ava, die von ihren Schülern und Schülerinnen umringt war. Die Eltern waren alle erpicht darauf, mit ihr zu sprechen. Sie wollten wissen, welcher ihrer Kurse im nächsten Semester am besten für ihre Kinder geeignet war, und ob diese ihr Potenzial auch voll ausschöpften.

Hanna hatte nicht bemerkt, dass Emily neben ihr

stand, bis ihre Schwester ihr die Frage stellte: „Hast du alles gefilmt, was du wolltest?"

Sie nickte. „Ich denke, ich kann es heute Abend oder morgen schneiden. Dann habt Ihr im Studio einen fertigen Film, den jeder mit nach Hause nehmen kann."

„Fabelhaft", sagte Emily und nickte zustimmend. Es erinnerte Hanna an jene Zeit, in der sie gute Leistungen in der Schule erbracht hatte und Emily immer darauf bedacht war, sie zu loben. „Sie freuen sich auch über die Fotos, aber die gefilmte Vorführung ist eben ein spezielles Erinnerungsstück. Wir alle wissen es wirklich zu schätzen, dass du dir Zeit genommen hast, uns zu unterstützen, Hanna."

Während sie zusahen, wie Charlotte in Rachels Armen herumwirbelte, sagte Hanna: „Hast du je daran gedacht, eines Tages vielleicht auch ein eigenes Kind zu haben?"

Emily quittierte die Frage mit einem Lachen. „Ich habe bereits vier, um die ich mich kümmern muss. Sie heißen Rachel, Paige, Morgan und Hanna. Mit euch allen Schritt zu halten, reicht mir erst mal."

„Aber hallo!" Sie hatte schon fast vergessen, wie es ab und an sein konnte, die Jüngste zu sein. Und da auch sie ihre Schwester ein wenig aufziehen wollte, sagte sie: „Weißt du, dass eine der Mütter ein Auge auf Michael geworfen hat?"

Emily sagte daraufhin achselzuckend: „Schön für ihn." Doch für einen Moment oder zwei sah es aus, als würde Emily geradewegs auf Michael zusteuern.

Stattdessen blieb sie jedoch bei Hanna und sah hinüber zu Ava, die immer noch mit Eltern und Kindern plauderte und unverändert im Mittelpunkt des allgemeinen Interesses stand. Ihre Großmutter küsste Wangen und sparte nicht mit Lob. Eine der Mütter schwelgte in Erinnerungen über jene Zeit, in der sie selbst Schülerin im Tanzstudio gewesen war und Ava konnte sich an alle Einzelheiten erinnern.

Sie hat so viele Dinge aus der Vergangenheit in Erinnerung behalten, wird mir aber nichts davon erzählen, dachte Hanna.

Grandma hatte gesagt, dass sie jemandem ein Versprechen gegeben hatte, aber wem? Und warum hatte sie denn gesagt, dass es Zeit für Hanna wäre, die Geschichte von 1951 zwischen Ava, William II. und Poppy zu erzählen, wenn sie nicht darüber reden wollte?

„Alle lieben Grandma", sagte Hanna.

„Das war aber nicht immer so", brachte Emily ihr in Erinnerung. „Jetzt sind alle super glücklich. Das ist aber nur so, weil sehr viel Zeit vergangen ist seit der Zeit, als die halbe Insel Grandma zum Teufel jagen wollte."

Hanna hätte sich denken können, dass ihre große Schwester das mit ihrer Doku nicht einfach so auf sich beruhen lassen würde. Dass Emily nicht von der Sorte war, die halbe Sachen machte, war nicht der einzige Grund. Emily schützte Ava ebenso unbeirrt wie jede andere von Hannas Schwestern. Was Hanna jedoch etwas ärgerte war, dass ihre Schwester anzunehmen schien, dass es ihr nicht ebenso sehr um Grandmas

Wohlergehen ging wie allen anderen. Und wenn nun mehr an der ganzen Geschichte dran war, von dem niemand wusste? Und was wäre, wenn das, was sie und Joel über die Vergangenheit herausgefunden hatten, alles veränderte?

„Früher einmal", sagte Emily, „war es so, dass die Petersons und ihre Anhänger vermutlich sogar ihre Mistgabeln und Fackeln herausgeholt hätten, wenn sie ungestraft davongekommen wären. Kannst du dir vorstellen, was das für sie bedeutet hätte?"

Hanna hätte sich das sogar nur allzu leicht vorstellen können. Wäre sie damals im Jahr 1951 eine der Inselbewohnerinnen gewesen und der Sonnyboy der Insel hätte seine Verlobung gelöst, um eine Tänzerin aus der Großstadt zu ehelichen, dann wäre es auch für sie durchaus naheliegend gewesen, Ava zu hassen. Insbesondere nachdem ihr Großvater das Unternehmen verkauft hatte, denn dann hätte es ausgesehen, als hätte die neue Frau von William Walker II. diesen dazu überredet, um sich das Geld unter den Nagel zu reißen. Man hätte dabei allzu leicht vergessen, dass ein Großteil des Geldes für den Bau der Schule verwendet wurde. Und als Poppy dann verschwand …

„Es muss damals schrecklich gewesen sein", gab sie zu. „Während meiner Kindheit habe ich aber nie jemanden davon erzählen hören, dass Grandma all diese fürchterlichen Dinge getan hätte. Und von euch hat mir ja auch nie jemand etwas über die Sache und darüber wie grausam Menschen doch sein können erzählt."

„Das bedeutet noch lange nicht, dass wir nicht darüber gesprochen haben", sagte Emily. „Wir haben nur nicht in deiner Anwesenheit darüber gesprochen."

„Ihr hättet mich nicht schonen müssen", insistierte Hanna hitzig. „Ihr müsst mich *nicht* ständig in Schutz nehmen."

Emily legte einen Arm um sie. „Du bist unsere kleine Schwester. Natürlich wollten wir dich beschützen. Und nun musst auch du versuchen, Grandma zu schützen. Sie hat dir vielleicht erzählt, dass dein Vorhaben richtig ist, aber du weißt ja, dass sie dir nie etwas abschlagen würde. Du musst an all die schmerzhaften Erinnerungen denken, die deine Dokumentation wieder aufleben lassen könnte und was das für Grandma bedeuten würde. Möchtest du wirklich, dass die Leute so wie damals über sie reden?"

So lief das immer mit Emily. Sie schaffte es immer, so … so *vernünftig* zu sein, selbst wenn sie einem genau sagte, wie man sein Leben zu leben hatte. Und ihn Wahrheit *war* ja auch vieles daran vernünftig, auch wenn ihre Schwestern kein Recht hatten, Dinge vor ihr zu verheimlichen.

„Ich verspreche, dass ich mir über all das Gedanken gemacht habe", beteuerte ihr Hanna. Und das schien Emily zumindest vorübergehend zu reichen, da sie sich entfernte, um Michael zu helfen.

Hanna machte sich wieder daran, das Geschehen im Anschluss an die Tanzvorführung zu filmen, konzentrierte sich diesmal jedoch ausschließlich auf Ava.

Ihre Großmutter hatte ihren Platz inmitten der kleinen Walker Island-Gemeinde gefunden und der Stellenwert, den sie im Leben der Einheimischen hatte, spiegelte sich in den bewundernden Blicken all der Menschen um sie herum wider.

Hätte Hanna wahrhaft geglaubt, dass die Entstehung der Dokumentation ihre Großmutter verletzen würde, hätte sie augenblicklich von ihrem Vorhaben abgelassen, wäre zu Emilys Vorschlag in Sachen Walwanderung übergewechselt und hätte einfach das Beste gehofft. Andererseits hatte Grandma sie ja beinahe *aufgefordert*, die Sache anzugehen: *„Wenn du deine Doku erst einmal gemacht hast, dann wird vielleicht auch die Zeit reif sein, dass man diese Geschichte erzählt."*

Und wenn Hanna an Poppys letztes Gedicht dachte … naja, viele Dinge fühlten sich einfach nicht stimmig an. Und würde sie abgesehen davon ihr Doku-Vorhaben aufgeben, bekäme sie vielleicht auch Joel nicht mehr zu Gesicht.

Konnte sie tatsächlich allem einfach so den Rücken zukehren?

Sie atmete einmal tief durch und verdrängte mit aller Kraft die Gedanken an die Abgabefrist, bis zu der sie ihrem Professor noch vor Ende des Sommers die Dokumentation präsentieren sollte. Jetzt war es weitaus wichtiger für sie, die *richtige* Entscheidung zu treffen und keine rasche Entscheidung.

Und in der Zwischenzeit dachte sie nach und lächelte, als Charlotte begann, einen selbsterfundenen, äußerst kreativen Tanz vorzuführen, wobei sie immer noch das geborgte Ballettröckchen auf ihrem Kopf trug. Ja, es gab noch eine Menge anderer wundervoller Dinge auf der Insel zu filmen.

KAPITEL 8

Nachdem Hanna gegangen war, hatte Joel versucht, seine Gedanken an Poppy beiseite zu schieben, damit er sich wieder an die Arbeit machen konnte. Doch selbst nach einem mit Meetings, Telefonaten und E-Mails vollgestopften Büronachmittag musste er ständig daran denken, was er wohl sonst noch auf dem Dachboden finden würde. Er war also zurück nach oben gegangen und fand eine Schachtel mit weiteren Exemplaren von Poppys Tagebüchern. Während der darauffolgenden Tage nutzte er jede freie Minute, um darin zu lesen.

Bis jetzt hatte er drei dicke Tagebücher, ein paar kleinere Notizbücher und einen Stapel Briefe gelesen. Nicht alles davon war Poesie. Poppy hatte Einträge aus ihrem Terminkalender und Skizzen der Insel miteinbezogen sowie Briefe von längst verstorbenen Menschen und Aufzeichnungen ungeordneter Gedanken. Doch ihre Gedichte stellten das Herzstück der ganzen Sammlung dar.

Seltsamerweise stieß er, obwohl eines der Notizbücher laut Datumsangabe kurz vor der Hochzeit entstanden war, auf keinerlei freudige oder begeisterte

Gedichte über ihre bevorstehende Heirat. Genau genommen wurden weder die Verlobung noch die Hochzeitspläne mit irgendeinem Wort erwähnt. Er war überzeugt davon, dass er etwas übersehen haben musste und noch irgendein spezielles Heft existierte, das er noch nicht gefunden hatte. Doch selbst nach einer weiteren gründlichen Durchsuchung der Schachteln auf dem Dachboden war er auf keine weiteren Tagebücher oder Gedichte von Poppy gestoßen.

Eines Sonntags kam ihm dann im Wohnzimmer sitzend beim erneuten Lesen der Einträge des Monats vor der Hochzeit im Jahr 1951 der Gedanke, dass er das Tagebuch vielleicht Hanna hätte zeigen können, damit sie vielleicht Anzeichen der Vorfreude Poppys hinsichtlich ihrer bevorstehenden Heirat ausfindig machen konnte.

Weshalb war Hanna nicht mehr zurückgekommen und hatte um Zugang zu den Archiven gebeten, so wie sie es vorab vereinbart hatten? Es waren bereits etliche Tage vergangen, in denen sie nicht einmal angerufen hatte. Hatte sie vielleicht ihr Interesse an der Dokumentation verloren?

Oder an ihm?

Joel verdrängte diesen bescheuerten Gedanken, als er das Tagebuch wieder zumachte, und holte dann sein Handy hervor. „Hallo, Hanna, ich bin's Joel. Ich wollte nur nachfragen, ob du immer noch in die Archive willst. Bitte, ruf' mich bei Gelegenheit zurück."

Mehrere Stunden später hatte er jedoch immer noch

nichts von ihr gehört. Und da sich die Hochsaison näherte und immer mehr Touristen die Insel bevölkerten, würde Joel angesichts der vielen Skipper und ihrer Boote, um die er sich zu kümmern hatte, während der nächsten paar Wochen unmöglich Zeit für andere Dinge erübrigen können. Wenn er und Hanna die Geschichtsarchive der Insel nicht bald unter die Lupe nahmen, würde er später schlicht und einfach nicht mehr dazu kommen, ohne dem Familienunternehmen zu schaden.

Die Woche zuvor wäre er noch überglücklich gewesen, wenn er die Sache mit der Dokumentation einfach ad acta hätte legen können. Dabei hatte er sich während ihres Interviews mit Milton doch selbst davon überzeugen können, dass sie mit der Geschichte wirklich nicht vorhatte, irgendjemand zu verletzten … aber auch, dass irgendetwas an der ganzen Sache und den Umständen, die er für so lange Zeit für wahr gehalten hatte, nicht stimmte.

Wenn schon jemand Nachforschungen über das Zerwürfnis zwischen den Petersons und den Walkers anstellen sollte, dann war er allmählich der Überzeugung, dass es tatsächlich Hanna sein *sollte*.

Deshalb versuchte er erneut, sie auf Ihrem Handy zu erreichen. Er hoffte, sie dieses Mal persönlich zu erreichen, landete jedoch wieder auf ihrer Mailbox. Joel sah aus dem Fenster seines Wohnzimmers auf den immer grauer werdenden Himmel, während er in einen Mantel schlüpfte. Bald schon würde ein Sturm aufziehen. Und als sich die Wolken zusehends verdichteten und verdunkelten und der Wind immer kälter und rauer wurde, stellte er fest, dass das Wetter perfekt zu seiner Stimmung passte. Joel hatte das Gefühl, als würde er den Sturm in seinem Inneren, der sich sowohl auf die tragische Vergangenheit seiner Familie als auch auf Hanna bezog, gerade noch im Zaum halten können.

Er begehrte sie mehr als er jemals zuvor eine andere Frau begehrt hatte.

Aber sie würde niemals zu ihm gehören. *Niemals.*

* * *

Mit Hilfe einiger Einheimischer, die Hanna beobachtet hatten, wie sie mit ihrer Videokamera durch die Stadt lief, fand Joel sie schließlich an der Nordspitze der Insel, wo die in den Ozean ragenden Felsklippen von Stürmen umtost wurden, die das restliche Umfeld kaum zu berühren schienen. Bei schönem Wetter war der unter ihnen liegende Strand jedoch sowohl ein großartiger Platz für Partys als auch ein Ort, an dem man herrlich sitzen und dem sich ständig verändernden Ozean zusehen konnte.

Er parkte seinen Wagen oberhalb der Klippen, um dann über einen der Trampelpfade unweit der Höhlen, in denen die ersten Siedler Schutz gefunden hatten, nach unten zu marschieren.

Sie befand sich unten am Steinstrand bei den Klippen. Ihre Kamera hatte sie auf ein Stativ gestellt und auf eine sich gerade formierende Ansammlung von

Gewitterwolken gerichtet. In ausgebleichten Jeans, einem langärmeligen Jeanshemd, dunklen Stiefeln und wegen des aufkommenden Windes nach hinten gebundenen Haaren sah sie umwerfender aus, als jede andere Frau in Abendgarderobe je ausgesehen hatte.

Zuvor auf dem Dachboden hätte er sie um ein Haar an sich gezogen und sie geküsst. Allem Anschein nach hätte auch sie sich das gewünscht; das hieß aber, dass er den Part des Verantwortungsbewussten zu übernehmen hatte. Er musste derjenige sein, der sich darauf besann, dass es eine denkbar schlechte Idee gewesen wäre, wenn ein Peterson nach all den Jahren eine Walker geküsst hätte.

Sich an die Tragweite seiner Verantwortung zu erinnern, fiel ihm bei ihrem Anblick aber durchaus schwer, als er ihr dabei zusah, wie sie auf den Ozean und das aufziehende Gewitter blickte, als wäre es das Schönste auf der Welt.

Das war es nämlich nicht. *Sie* war es.

Ihr gegenüber irgendwelche Absichten zu hegen war nach wie vor eine bescheuerte Vorstellung. Sie war vergleichbar mit seinen törichten Phantasien in Bezug auf ein Leben als Bootskapitän, zumal sein Vater ihn ja immer schon zu seinem Büronachfolger machen hatte wollen.

Hanna war eine Walker. Zum Henker mit allen Hirngespinsten, dass es zwischen den beiden Familien im Stile von Romeo und Julia doch irgendwie klappen würde. Oder vielleicht sollte er sich besser daran *erinnern*, welche fürchterlichen Konsequenzen es damals für alle Beteiligten gehabt hatte, nachdem sich die Familien aufeinander eingelassen hatten.

Die Geschichte hatte bereits gezeigt, dass die Petersons und die Walkers einfach nicht zueinander passten.

Ihre Augen weiteten sich vor Überraschung, als sie bemerkte, dass er den Pfad entlang auf sie zuging. Bald schon wich ihr verblüffter Gesichtsausdruck aber einem breiten und unfassbar bezaubernden Lächeln.

„Joel, was machst du hier draußen?"

„Ich habe mich gewundert, weil du dich wegen des Zugangs zu den Archiven nicht mehr gemeldet hast. Möchtest du sie dir immer noch ansehen?"

„Natürlich möchte ich das." Sie schien jedoch ziemlich erstaunt, als sie sagte: „Du hast wirklich den ganzen weiten Weg auf dich genommen, um mich in die Archive mitzunehmen? Warum?"

Ihre Frage war derart direkt, dass Joel überhaupt nicht darauf vorbereitet war. Verdammt! Er war in dieser Angelegenheit auf rein gar nichts vorbereitet. Hannas Anziehungskraft. Ihre unendliche Neugier und ihre Fragen. Und die Tatsache, dass die Fehde zwischen den Petersons und den Walkers mit einem Mal keinesfalls mehr eindeutig und klar zu sein schien.

„Spielt das denn eine Rolle? Ich dachte, du würdest dich darüber freuen."

„Das tue ich auch. Ich würde trotzdem gerne wissen, weshalb du deine Meinung geändert hast."

Joel suchte in Gedanken nach einer Erklärung. „Ich habe einige der alten Unterlagen meiner Familie auf dem Dachboden durchgesehen und … es sind dabei zwar keine präzisen Zweifel, aber Fragen aufgetreten. Und soweit ich das beurteilen kann, bist du gut im Antworten finden, Hanna. Du siehst nämlich Dinge, die andere übersehen würden."

„Danke", sagte sie mit einem Strahlelächeln, das sein Herz noch ein wenig schneller schlagen ließ, als es das in ihrer Nähe – draußen auf den Klippen – ohnehin schon tat. „Das ist eines der schönsten Komplimente, das ich je bekommen habe."

Einmal mehr hätte er große Lust gehabt, seine Hände um ihre Hüften zu legen und sie an sich zu ziehen, um endlich herauszufinden, ob ihre Lippen so süß schmeckten wie sie aussahen. Stattdessen schob er sein Verlangen energisch beiseite und fragte sie: „Du bist also hier, um Stürme zu filmen? Hast du für deine Doku etwa einen neuen Kurs eingeschlagen, ohne dass ich etwas davon mitbekommen habe?"

„Ich habe ein wenig Abstand und etwas Zeit zum Nachdenken gebraucht. Als ich dann gehört habe, dass sich ein Sturm zusammenbraut, dachte ich, dass ich vielleicht versuchen könnte, etwas Bildmaterial einzufangen. Du weißt ja, dass Stürme hier auf der Insel eine Seltenheit sind."

Das gemäßigte Klima auf der Insel machte nicht nur die Beerenlese zum erfolgreichen Unterfangen, auch die Peterson Reederei konnte Schiffe an Tagen auslaufen lassen, an denen Schifffahrtsunternehmen auf dem Festland ihre Flotte aus Vorsicht im Hafen lassen mussten.

„Ich möchte immer noch in die Archive, Joel", beteuerte sie. „Ich wollte dich – und auch mich – aber nicht dazu drängen, überstürzte Entscheidungen zu fällen. Gib mir einfach Bescheid, wenn du bereit bist, und ich lasse auf der Stelle alles liegen und stehen."

„Jetzt."

„Jetzt?" Hanna sah ihn merkwürdig an. „Wozu die Eile?"

„Die Arbeit bei mir im Büro nimmt ständig zu. Wenn du also willst, dass ich mit dir in die Archive gehe, dann ist das heute die beste Gelegenheit für uns."

„In Ordnung", sagte Hanna, während sie einen etwas wehmütigen Blick auf den sich zusehends verdunkelnden Himmel über dem Ozean warf: „Ich muss nur noch meine Kamera einpacken und dann können wir gehen."

Die ersten Regentropfen fielen wie leichter Sprühnebel vom Himmel, während der Wind Fahrt aufnahm. Wenige Augenblicke später goss es bereits in Strömen und die einzelnen Tropfen bildeten eine homogene Wand. Der Wind toste und dröhnte und wirkte derart auf sie ein, dass es Hannas Kamera beinahe vom Stativ hob.

„Die Höhlen!", brüllte Joel, sodass man ihn trotz des Winds hören konnte, als er nach ihrem Stativ und ihrem Rucksack griff.

Während sie gemeinsam den steinigen Pfad

hochliefen, begann Hanna zu lachen. Die ganze Situation – mit einer Walker, die er pausenlos hätte küssen wollen, durch den Regen zu laufen – war so verrückt, dass Joel einfach mitlachen musste. Sie liefen ohne Unterbrechung, bis sie den Höhleneingang erreichten, wo sie sich zum Schutz vor dem unvermittelten Angriff der Naturgewalten in einer Ecke zusammenkauerten. Joel war ohnehin schon ziemlich durchnässt. Hanna war aber noch schlimmer dran, denn aufgrund des Sturms klebte ihre Kleidung an ihrem Körper. Joel musste bei dem Versuch nicht hinzustarren ganz tief Luft holen, wobei er jedoch kläglich scheiterte.

Sie war einfach so unglaublich schön. Er hätte sich bei keiner der Frauen, mit denen er in den letzten zehn Jahren ausgegangen war, vorstellen können, dass sie durch einen Sturm gerannt wären und dabei so gelacht hätten wie sie es getan hatte.

„Einige von uns sind während der High School-Zeit immer hierher gekommen", sagte Joel und versuchte sich damit von der Tatsache abzulenken, wie nahe sie sich doch in der engen Höhle waren. „Wir sind hinunter an den Strand gegangen, haben dort ein Lagerfeuer gemacht und sind dann später in die Höhle zurückgegangen."

„Rachel war in der Schule auch in deiner Stufe", sagte Hanna. „War sie auch bei diesen Partys?"

„Ich habe sie ab und zu gesehen. Wir haben aber immer Abstand gehalten, egal worum es ging." So wie er es ausgedrückt hatte, klang es richtig kindisch, nicht mit jemandem zu sprechen, nur weil in den jeweiligen

Familien zwei Generationen zurück irgendetwas vorgefallen war. „Wie geht es Rachel? Sie hat doch eine Tochter, nicht wahr?"

„Es geht ihr ausgezeichnet", sagte Hanna herzlich lächelnd. „Meine fünfjährige Nichte Charlotte hält sie ganz schön auf Trab. Ist dir Rachel damals in der Schule jemals aufgefallen? Oder hättest du sie gar um eine Verabredung bitten wollen?"

Angesichts dieser Frage fühlte sich Joel total überrumpelt. „Nein. Ich will damit sagen, dass es dazu ja gar nie gekommen wäre. Sie ist ja eine Walker."

„Nun ja, und du bist ein Peterson", konterte Hanna mit einem Lächeln, „und ich habe als kleines Mädchen für dich geschwärmt."

Nun war sie aber kein kleines Mädchen mehr. Ganz im Gegenteil. Und wäre sie jemand anders gewesen, hätte Joel die Lücke, die sie trennte, im Nu geschlossen, hätte Hanna gegen die Höhlenwand gepresst und sie geküsst.

Natürlich hörte es just in diesem Moment auf, zu regnen und ihm wurde klar, dass er hautnah dran war, etwas wahrhaft Verrücktes zu tun. „Wir sollten in die Archive gehen."

Hanna starrte ihn eine ganze Weile an, wobei ihre blauen Augen dunkler als sonst waren. Schließlich nickte sie. „Okay, aber ich bin total durchgefroren. Wie wär's, wenn wir vorher noch eine Pause im Café einlegen und etwas Heißes trinken?"

„Weiß nicht", sagte er bedächtig. „Denkst du, die

Welt verkraftet es, wenn eine Walker und ein Peterson sich ein *drittes* Mal unter ein- und demselben Dach befinden?", fragte er sie nur teilweise im Scherz. Zumal er selbst sich nicht sicher war, wie er mit der Situation umgehen würde. Tatsache war nämlich, dass er fast schon schwach geworden wäre und sie bis zum Umfallen geküsst hätte.

Hanna lachte jedoch nicht. Stattdessen sagte sie einfach: „Mal ehrlich, ich glaube nicht, dass mich jetzt noch interessiert, was die anderen denken." Und dann verließ sie die Höhle und lief über den Pfad zu seinem Auto hoch.

* * *

Kurze Zeit später saßen sie im Café. Joel mit einer Tasse Kaffee, während Hanna etwas Schlagsahne, die einen Becher heißer Schokolade zierte, von ihrer Fingerspitze leckte.

Genau wie er es vorhergesagt hatte, warfen ihnen die Einheimischen beim Betreten des Lokals reihenweise befremdliche Blicke zu. Die Hälfte von ihnen hätte vermutlich weniger schockiert ausgesehen, wenn Außerirdische hereinspaziert wären.

Abgesehen von den starren Blicken fühlte sich die Kaffeepause mit Hanna erstaunlich unbefangen an. Zum einen konnte man sich ganz ungezwungen mit ihr unterhalten. Und andererseits war es auch schön ihr zuzuhören, da sie mit Leichtigkeit von einem Thema zum nächsten zu springen schien.

„Wie bist du denn zum Filmemachen gekommen?"

„Du weißt ja, dass es im ehemaligen Theater in der Stadt immer wieder Filmvorführungen gab? Meine Schwestern haben mich immer dorthin mitgenommen, besonders in die Schwarzweißfilme." Ihr Gesichtsausdruck wurde ganz weich, als sie über ihre Kindheit und ihre Familie sprach. „Welcher ist dein Lieblingsfilm?"

Joel zuckte mit den Achseln. „Ich habe nicht wirklich einen. Ich habe mir nie viele Filme angesehen."

Ihre Augenbrauen gingen nach oben. „Du machst Witze, nicht wahr?"

„Ich habe keine vier älteren Schwestern, die mich ins Kino mitgenommen haben", stellte Joel klar.

„Filme sind aber …" Hanna hörte sich immer noch an, als könne sie nicht wirklich glauben, was er gerade von sich gegeben hatte. „ … sie sind doch eine so wichtige Form der Erzählkunst."

„Und das Geschichtenerzählen ist wichtig für dich, hab' ich recht?" Seine Familie hatte sich immer nur darum gesorgt, dass er geerdet und fest auf dem Boden der Tatsachen verankert war und die „Regeln" der realen Welt beachtete. Hanna hingegen war von ihrer Walker-Familie stets zum Träumen ermuntert worden.

„Natürlich ist es wichtig", bekräftigte Hanna. „Nicht nur für mich, sondern für jeden Menschen. Geschichten zeigen, wie wir die Dinge verstehen. Und wie wir den Sinn dahinter erkennen. Sie verdeutlichen, wie wir anderen Menschen Ideen vermitteln. Ohne Geschichten würden wir vermutlich nur halb so viel wissen wie es tatsächlich der Fall ist." Über den Rand ihres Bechers betrachtete sie ihn eingehend. „Wann warst du denn das letzte Mal im Kino?"

„Möglicherweise letztes Jahr?"

„Wenn es so ist, dann sollten wir beide uns vielleicht gelegentlich mal wieder einen Film ansehen. Was meinst du?"

Ein Teil von Joel wollte ihre Einladung auf der Stelle annehmen. Es gab da aber noch die Archive und eine Reihe anderer Angelegenheiten, über die sie sich Gedanken machen mussten. Da war zum Beispiel die Tatsache, dass ihre Familie seine betrogen hatte und sie seither verfeindet waren.

Er schob seinen Stuhl nach hinten und sagte: „Wenn wir nicht bald zum Geschichtsverein kommen, dann wird sich uns keine weitere Gelegenheit dazu bieten."

Die Archive befanden sich in einem kleinen Anbau der Inselbücherei. Deshalb beschlossen sie, seinen Wagen stehen zu lassen und zu Fuß vom Café dorthin zu laufen. Doch als sie die Hälfte der Strecke zurückgelegt hatten, öffnete der Himmel erneut seine Schleusen, der Regen prasselte und der Wind blies noch heftiger als zuvor.

Und wie es kommen musste, standen sie in dem Moment, als es zu stürmen begann und sie beim Weitergehen pudelnass geworden wären, in unmittelbarer Nähe des Kinos. Hanna nahm ihn bei der Hand und zog ihn zurück in Richtung Kinogebäude.

„Siehst du", sagte sie, „sogar das Wetter möchte, dass du dir mehr Filme ansiehst."

„Es ist in der Tat fest entschlossen, uns beide in Deckung zu bringen. Aber was wird aus den Archiven?"

„Komm schon, Joel", sagte Hanna. „Wir haben bestimmt Spaß und die Archive werden uns in der Zwischenzeit sicher nicht davonlaufen."

Im Kino lief der Klassiker *Tote schlafen fest* mit Bogart und Bacall. Anscheinend war das Film-Noir Genre auf der Insel jedoch nicht besonders beliebt, da außer ihnen nur noch wenige andere Zuseher im Kino waren. Der gesamte Raum wirkte dadurch noch größer. Es schien, als wären Hanna und er ganz alleine, während die Geschichte nach dem Roman von Raymond Chandler vor ihren Augen ablief.

Für Joel war der Film zwar in Ordnung, aber über die Hälfte der Zeit hatte er eher Hanna als die Leinwand im Visier und war unfähig wegzusehen, wenn ihre Lippen in Übereinstimmung mit den Darstellern Dialogausschnitte wiedergaben.

„Der nächste Abschnitt enthält besonders viel Symbolik", flüsterte Hanna an einer Stelle. „Nicht nur der übliche Film-Noir-Kram mit Effekten wie schummriger Beleuchtung, um das Verborgene der Stadt zu verdeutlichen, sondern es geht darum, … entschuldige bitte, ich sollte nicht alles vorwegnehmen."

„Nein, ist völlig in Ordnung", flüsterte Joel zurück.

Würde es sie überraschen, wenn sie wüsste, wie sehr er das Zusammensein mit ihr genoss, besonders während sie völlig in etwas versunken war, das sie so sehr liebte? Sie liebte es sogar so sehr, dass er, als der Film zu Ende war und der Geschäftsführer als nächstes einen unbekannten japanischen Monsterfilm ankündigte, während Hannas Gesicht strahlte, beinahe auch für den zweiten Film geblieben wäre.

Er hatte bis dato nie ernsthaft in Erwägung gezogen, sich über Tokio hereinfallende Plastikmonster anzusehen, und vorallem nicht in Gesellschaft Hanna Walkers. Dennoch dachte er in der Tat darüber nach, jedenfalls bis er auf seine Uhr sah und bemerkte, wie spät es bereits war.

„Die Archive, Hanna."

„Ja, du hast recht", sagte Hanna. „Ich denke, wir müssen das ein anderes Mal in Angriff nehmen."

Ein anderes Mal. Joel musste bei diesem Gedanken lächeln, als sie das Kino verließen und wieder die Straße hinunter zu den Archiven gingen.

Mit seinem Schlüssel ließ er sie beide hinein. Im Inneren fanden sie reihenweise Regale mit hunderten Schachteln. Benjamin und die anderen Mitglieder des Geschichtsvereins gaben sich zwar alle Mühe mit der Katalogisierung und Auswertung, aber viele der vorhandenen Dokumente waren noch immer nicht wirklich geordnet.

„Das ist ja unglaublich", sagte Hanna und ihre Bewunderung angesichts der rauen Mengen von Akten war ihr deutlich anzumerken.

„Wenn du mir sagst, wo du beginnen möchtest, werde ich hoffentlich nicht allzu lange brauchen, um das zu finden, wonach du suchst. Obwohl alles sehr ungeordnet aussieht, hat das Ganze bestimmt Hand und Fuß."

„Das perfekte Chaos", sagte sie lächelnd und ergänzte dann: „Nehmen wir uns doch zuerst die Polizeiberichte zu Poppys Tod und die Unterlagen zum Verkauf des Unternehmens vor."

Er freute sich darüber, wie schnell er die Berichte ausfindig machen konnte. Hanna machte sich einige Notizen die Firmenübernahme betreffend, widmete jedoch dem Polizeibericht besondere Aufmerksamkeit.

„Gibt es einen Bericht der Küstenwache bezüglich des verschollenen Boots von Poppy?"

Joel suchte danach und fand ihn nach einigen Minuten auch. Er war nicht besonders aussagekräftig.

„Sie hatten ihren Leichnam nicht gefunden", sagte Hanna, während ihre Kamera immer noch auf die Berichte gerichtet war. Seit sie begonnen hatten, die historischen Dokumente zu durchforsten, hatte sie die Position der Kamera kein einziges Mal verändert. „Und sie haben auch nie eine Spur des Boots gefunden."

„Der Ozean ist riesengroß", gab Joel zu bedenken.

„Ja, das ist er." Hanna hörte sich jedoch nicht besonders überzeugt an. „Aber was ist mit Poppys Gedicht … denkst *du,* dass es ein Abschiedsbrief war? Milton sagt, dass sie dafür zu fröhlich war. Im Gedicht ist ja auch von Neuanfängen die Rede und nicht vom Tod. Was, wenn wir völlig falsch liegen? Was, wenn *alle* falsch liegen?" Dann hielt sie inne und sah tief betroffen aus, so als würde sie die Frage umgehen wollen, die sie beide zweifellos im Kopf hatten.

Ihre Blicke waren fest ineinander verwoben, als er es laut aussprach: „Was, wenn sie überhaupt nicht tot ist?"

KAPITEL 9

„Aber das wäre ja … das kann nicht sein."

Eine Stunde später, als sie mit ihrer Schwester und ihrer Großmutter auf der Wohnzimmercouch saß, reagierte Emily auf die Vorstellung, dass Poppy Peterson 1951 vielleicht gar nicht gestorben war, ziemlich genau so, wie Hanna es vermutet hatte. Was Ava betraf, so saß diese in ihrem Lehnstuhl und hörte in Ruhe zu. Wenigstens tat sie das alles nicht als völligen Schwachsinn ab.

Vorerst waren nur sie drei zuhause. Rachel hatte Charlotte zu einer Pyjama-Party gebracht, während Paige einen Abendkurs im Studio hielt. Bevor Hanna das Haus verlassen hatte, um aufs College zu gehen, wäre ihr das hier viel zu ruhig vorgekommen. Genau genommen hatte sie ziemliche Schwierigkeiten, sich an ihre eigenen vier Wände zu gewöhnen, nachdem sie ihr Zuhause wegen der Schule am Festland verlassen hatte.

„Spaß beiseite, Hanna", sagte Emily. „Du kannst nicht einfach reihum gehen und dann mit solchen Einfällen antanzen, nur um deine Dokumentation spannender zu machen. Was ist, wenn dich jemand verklagt?"

„Wer sollte mich denn verklagen?", fragte Hanna und war angesichts der übertriebenen Fürsorge ihrer Schwester ausnahmsweise etwas erheitert. „Ich verunglimpfe doch niemanden. Die Vorstellung, dass Poppy noch am Leben sein könnte, besagt ja nicht, dass irgendwer sonst irgendetwas falsch gemacht hat. Möglicherweise sogar das Gegenteil."

„Was ist mit Joel Peterson?", legte Emily ihr nahe. „Ich wette, er war nicht gerade erfreut, als du mit dieser Aussage über seine Großtante angekommen bist."

„Genau genommen", sage sie ihrer Schwester, „hat Joel diese Frage aufgeworfen." Sie hatte aber auch schon daran gedacht.

„In Anbetracht dessen, wie emotionsgeladen das alles für ihn ist, geht er wirklich vernünftig mit der Situation um." Andererseits war es auch nicht immer einfach zu verstehen, was Joel fühlte und dachte. Insbesondere in Bezug auf sie. Es gab Augenblicke, in denen er sich unübersehbar von ihr angezogen fühlte. Ungeachtet dessen hatte er weder als sie völlig allein auf dem Dachboden waren, noch in der Höhle irgendetwas unternommen. Auch im Kino hatte sie deutlich gespürt, wie er sie unablässig beobachtete, ohne einen ersten Schritt zu machen.

„Ein Peterson, der vernünftig ist?", fragte Emily. „Das wäre etwas ganz Neues."

„Du kennst ihn ja gar nicht", gab Hanna deutlich zurück.

„Ich weiß, dass seine Familie uns gegenüber sechzig Jahre lang einen Groll gehegt hat. Findest du das etwa vernünftig?"

„Du kennst nicht alle Fakten", antwortete Hanna scharf.

„Du wohl auch nicht."

„Mädels." Ava musste nur ein Wort von sich geben, um ihnen Einhalt zu gebieten. „Was habe ich euch über Streitigkeiten in Bezug auf diese Angelegenheit gesagt?"

„Entschuldige bitte, Grandma", sagte Emily. „Aber Hanna, es hört sich immer weniger danach an, als wolltest du einfach nur eine Dokumentation drehen. Es hat vielmehr den Anschein, als würdest du alles daran setzen, mit Nachforschungen, die keiner haben will, alles in deiner Macht stehende auszugraben. Und jetzt fängst du auch noch an, eindeutige Unwahrheiten mit ins Spiel zu bringen."

„Warum sollte es den nicht möglich sein?"

„Poppy Peterson ist ertrunken", sagte Emily beharrlich.

„Es gibt keinen konkreten Beweis dafür. Wir wissen, dass sie bei Sturm in einem Boot aufs Meer gefahren ist. Wir wissen auch, dass sie nicht zurückgekehrt ist. Niemand hat sie oder ihr Boot je gefunden. Und es gibt auch noch andere Ungereimtheiten." Zum Beispiel einen Abschiedsbrief, der so viel Hoffnung in sich barg, dass er nicht von jemandem geschrieben sein konnte, der vorhatte, sich das Leben zu nehmen.

„Glaubst du nicht, dass man eventuelle Ungereimtheiten nicht schon damals bemerkt hätte? Hätte es schon damals irgendwelche Vermutungen gegeben, wären die Menschen diesen sicher auf den Grund gegangen, meinst du nicht auch?"

„Ich weiß nur, dass das Ganze nicht wirklich stimmig ist. Und deshalb gehe *ich* den Dingen auf den Grund."

Emily stand auf. „Manchmal bist du unmöglich, Hanna."

Ihre älteste Schwester verließ den Raum und ging hinüber in die Küche. Hanna konnte hören, wie sie eine Mehlbüchse aus der Speisekammer holte, um etwas zu backen. Das tat sie immer, wenn sie sich ärgerte.

„Ich werde mit ihr sprechen, Liebes", versprach Ava. „Im Augenblick kann sie nicht verstehen, dass du genau diesen Weg gehen musst. Ich verstehe es aber und werde auch einen Weg finden, es auch ihr verständlich zu machen."

„Sie denkt, dass ich immer noch ein kleines Mädchen bin, dem sie sagen kann, was es zu tun hat." Hanna konnte einen Hauch von Wut in ihrer Stimme nicht verbergen.

Ava setzte sich neben sie. „Deine Schwester hat viel getan, um nach dem Tod eurer Mutter auf euch alle aufzupassen. Glaubst du wirklich, dass sie aufhört sich zu sorgen, nur weil ihr alle erwachsen seid? Emily will für jeden nur das ihrer Ansicht nach Beste."

„Und wird wütend, wenn es nicht so läuft, wie sie es sich vorstellt."

Ava schüttelte heftig den Kopf. „Emily ist nicht

wütend, Hanna. Sie macht sich nur Sorgen, das ist alles. Vielleicht hat sie damit auch ein wenig recht."

Hanna sah geradewegs in die warmherzigen Augen ihrer Großmutter. „Willst du damit sagen, dass ich von meinem Vorhaben ablassen sollte?"

Ava lächelte. „Darüber haben wir doch schon gesprochen. Du weißt, dass ich der Auffassung bin, dass du deine Träume in jedem Fall verwirklichen sollst. Ich werde jetzt mit deiner Schwester sprechen."

„Es wäre weit einfacher, wenn du mit *mir* sprechen würdest, Grandma, und mir erzählst, was wirklich passiert ist."

Ava legte eine Hand auf die ihre. „Auch *darüber* haben wir uns bereits unterhalten. Du weißt, dass ich das nicht kann, Schatz. Du willst doch nicht, dass ich meine Versprechen breche, oder etwa doch?"

Hanna konnte sich daran erinnern, dass sie Ava als kleines Mädchen alles erzählen und dabei sichergehen konnte, dass diese es hundertprozentig für sich behielt. Wenn ihre Großmutter ein Versprechen gab, dann hielt sie es auch. Ganz gleich, was passierte. Grandma wäre nicht Grandma, wenn sie mir nichts, dir nichts Geheimnisse ausplaudern würde.

„Nein, das will ich nicht."

Ihre Großmutter gab ihr noch einen Kuss auf die Stirn, bevor sie auf die Küche zusteuerte. Gerade in dem Moment ging die Eingangstür auf und Paige und Rachel kamen herein. Sie sahen beide sehr müde aus. Paige von ihrer Tanzstunde und Rachel … nun ja, sie machte ziemlich oft einen erschöpften und gestressten Eindruck.

„Emily ist beim Backen, ja?”, ließ Paige verlauten, als sie einen Blick in die Küche warf. Sie trug wie so oft eine Strumpfhose und einen Gymnastikanzug. Die wenigen Male, in denen sie sich herausputzte, war selbst Hanna schockiert, wie schön ihre Schwester doch sein konnte. „Das heißt, dass ihr beide euch gestritten habt, stimmt's? Geht es wieder um deine Doku?”

So war es nun mal, wenn man so viele Schwestern hatte. Die Wahrscheinlichkeit, dass man etwas länger als fünf Minuten geheim halten konnte, war so gut wie überhaupt nicht vorhanden.

„Ich habe nur gesagt, dass ich glaube, dass Poppy Peterson möglicherweise gar nicht gestorben ist, und sie ist ausgerastet.”

„Nun ja”, mischte Rachel sich ein, während sie sich an Hannas Seite setzte, wobei Paige auf der anderen saß. „Zu sagen, dass Poppy vielleicht gar nicht tot ist, *ist* eine ganz schön große Bombe, die du da platzen lässt.”

Rachel war nach Emily die nächstälteste und immer schon hinreißend gewesen; zurzeit schien sie jedoch nicht jenes Selbstvertrauen zu besitzen, das ihrer Stellung in der Familie und ihrem Aussehen angemessen gewesen wäre. Selbst die Art wie sie sich kleidete war so unscheinbar, dass die kleine Charlotte sie getrost bekleckern hätte können, denn mit ihrem Aufzug schien sie jegliche Aufmerksamkeit von sich ablenken zu wollen.

„Das ist mir klar, aber sogar Joel hat auf die Vorstellung nicht halb so arg reagiert wie Emily.”

„Joel Peterson?”, fragte Paige.

„Und nun auch nur noch Joel?”, sagte Rachel. Sie und Paige warfen einander einen kurzen Blick zu. Hanna konnte daraus eine ganze Menge ablesen. Oder vielleicht war es ja auch nur ihre Zuneigung zu ihm, die das Gefühl in ihr auslöste, als könnten sie die anderen mühelos durchschauen.

„Da läuft nichts zwischen uns.”

„Würde dir aber sicher gelegen kommen, wenn es so wäre, stimmt's?”, meinte Paige mit einem Lächeln auf den Lippen.

Hanna konnte spüren, wie sie rot wurde. Und das war aufschlussreicher als alles, was sie sagen hätte können.

„Wir haben ja Augen im Kopf, weißt du”, sagte Paige. „Wir sehen ja, wie du guckst, wenn du von ihm sprichst.”

„Sie war schon in der Schule in ihn verschossen”, fügte Rachel hinzu. „Hat ihn auch überallhin verfolgt.”

„Ich bin *jetzt gerade hier*, wie ihr seht.” Sie wollte schon aufstehen und gehen, aber das wäre nicht nur kindisch gewesen, sondern hätte die anderen keineswegs davon abgehalten, ihr einfach zu folgen. Irgendwie war es ohnehin fast schon eine Erleichterung, über Joel reden zu können.

„Ist das hier jetzt eine Fortsetzung der Schwärmerei für ihn in deinen jungen Jahren?”, fragte Paige. „Er ist ja doch ein paar Jährchen älter als du.”

„Sieben Jahre sind kein besonders großer Altersunterschied", protestierte sie. „Und das hier ist beileibe keine Schulmädchenschwärmerei."

Hanna begriff erst beim Aussprechen dieser Worte, welch intensive Gefühle sie für Joel entwickelte.

„Noch dazu ist er ein Peterson", sagte Rachel.

„Na und?", rief Hanna und war dabei frustrierter als je zuvor darüber, dass die Familienfehde, die in den 50er-Jahren die ganze Insel beherrschte, mit jedem Jahrzehnt noch machtvoller zu werden schien. „Ist jemand von euch tatsächlich der Meinung, dass mit Joel etwas nicht stimmt, nur weil er ein Peterson ist?"

„Nein, nicht wirklich", gab Rachel zu. Paige schüttelte ebenfalls den Kopf.

„Es hat für mich den Anschein, als wären alle die Hälfte der Zeit damit befasst, was sie fühlen *sollten* und nicht damit, was sie *wirklich* fühlen." Hanna wandte sich Rachel zu. „Joel hat mir erzählt, dass du dich bei Partys unten an den Klippen immer möglichst weit von ihm entfernt gehalten hast. Hast du das getan, weil du ihn gehasst hast?"

„Nein, aber er war ja ein Peterson. Ich will damit sagen, es ist nur … *einfach eine Tatsache*, oder nicht? Aber empfindet er dir gegenüber nicht dasselbe?"

Hanna zögerte. „Weiß nicht." Sie seufzte. „Kann sein."

„Er hat aber diesbezüglich weder etwas gesagt, noch getan?", fragte Paige.

Hanna schüttelte den Kopf. Sie war an diesem Abend bereits total aufgeregt nach Hause gekommen, nachdem sie sich die alten Dokumente in den Archiven angesehen hatte, aber nun war sie nahe dran, in Tränen auszubrechen. Paige und Rachel schienen es gleichzeitig zu ahnen, denn sie beide legten einen Arm um sie.

„Nur weil er sich noch zurückhält, bedeutet das nicht, dass er das ewig tun wird", versicherte ihr Paige. „Du bist fantastisch, Hanna. Das muss ihm klar sein."

Rachel wählte jedoch in bekannter Rachel-Manier einen völlig anderen Ansatz: „Und wenn es schiefläuft, dann sind wir für dich da."

Dann kam Emily zurück. Doch noch bevor Hanna sich irgendwie äußern konnte, ließ Paige sie wissen: „Wir haben eben über Joel gesprochen … und über Hannas Gefühle für ihn."

Emily starrte Hanna einfach nur an, bevor sie schließlich sagte: „Hättest du dich nicht in einen anderen verknallen können?"

„Ich bin nicht verknallt!", wiederholte Hanna beharrlich. Nur weil sie die Jüngste war, hieß das noch lange nicht, dass sie nicht wusste, was in ihrem Kopf und in ihrem Herzen vor sich ging. „Du kennst ihn doch gar nicht, Emily. Er hat nicht, was uns alle verbindet. Er hat keine Familie, die ihn unterstützt, die mit ihm lacht und mit ihm weint. Kannst du dir vorstellen, wie einsam man sich dann fühlt?"

„An manchen Tagen denke ich, dass es dann ruhiger wäre", sagte Emily mit einem vagen Lächeln. „Ich kann mir aber vorstellen, wie schwer es ist, so alleine wie er zu sein. Und trotzdem kann ich nicht glauben, dass das mit euch beiden funktionieren kann. Nicht bei dieser ganzen Familiengeschichte, all den Problemen mit Grandma und der Sache mit seiner Großtante." Emily legte eine Pause ein und fixierte Hanna mit äußerst ernster Miene. „Ist das mit ein Grund, weshalb du eisern daran festhältst, weiter an der Dokumentation zu arbeiten? Damit du ihm nahe sein kannst?"

„Natürlich will ich in seiner Nähe sein", sagte Hanna wohlwissend, dass es keinen Sinn mehr machte zu leugnen. „Doch selbst wenn er am Ende nicht dasselbe für mich empfindet, wie ich für ihn, muss ich meine Recherchen und meine Arbeiten am Film immer noch abschließen. Ich bin nämlich nicht die einzige Person, die wissen muss, was geschah. Auch Joel muss es wissen und ich will nicht nur ihm die Wahrheit präsentieren. Ich möchte uns *allen* die Wahrheit präsentieren, egal wie sie aussieht."

„Komm schon, Emily", sagte Paige. „Entspann dich ein wenig."

„Man merkt, was sie für ihn empfindet", stimmte Rachel zu.

Emily seufzte, setzte sich dann aber zu den anderen aufs Sofa. „Ich bin immer noch der Meinung, dass das eine wirklich schlechte Idee ist. Ich möchte nicht, dass man dir weh tut. Keiner von euch."

„Vielleicht ist es dir noch nicht aufgefallen", sagte Rachel. „Wir sind jetzt alle erwachsen. Wir müssen Fehler machen und Schrammen abbekommen."

„Und wir müssen scheinbar verrückte Entscheidungen treffen", ergänzte Paige. „So wie Hanna, die sich in Joel verguckt hat. Am Ende stellt sich vielleicht sogar heraus, dass sie füreinander bestimmt sind."

„Sieht aus, als hätte man mich gerade überstimmt", sagte Emily.

Hanna wusste, dass niemand außer ihr selbst Einfluss auf ihr Liebesleben hatte. Dennoch war es schön zu wissen, dass ihre Schwestern ihr zustimmten. Beziehungsweise stimmten sie ihr vielleicht nicht hundertprozentig zu, waren jedoch bereit, ihr Rückendeckung zu geben.

Hatte Joel jemals diese Art von Unterstützung genossen? Hatte er jemals eine Person an seiner Seite gehabt, die ihm beistand, selbst wenn er eventuell den falschen Weg einschlug, so wie es bei Emily der Fall war? Oder jemanden, der sich für seine Vorhaben einsetzte, wie Paige und Rachel es getan hatten? Oder der ihn bedingungslos liebte, egal ob er nun falsch oder richtig lag, so wie Grandma?

„Schön zu sehen, dass ihr Mädels euch wieder vertragt", sagte Ava, die in der Tür stand. „Heißt das, du weißt, was du als nächstes tun wirst, Hanna?"

„Ich werde mit meiner Doku weitermachen. Ich weiß, dass du nicht mit mir über die Ereignisse von damals sprechen wirst, Grandma, aber hast du vielleicht irgendwelche Unterlagen aus jener Zeit? Joels Familie hat die vollständige Sammlung Poppys alter Notizbücher aufbewahrt, vielleicht hast auch du so etwas in der Art?"

„Weißt du, vielleicht habe ich da was für dich. Du

wirst dafür aber ziemlich viel von meinen alten Sachen durchsehen müssen."

Ava führte Hanna in ihr Schlafzimmer im oberen Stockwerk und öffnete ihren Wandschrank, auf dessen Boden sich eine alte Truhe befand. „Ich nehme an, darin sind ein paar Briefe oder Fotos, die dich interessieren könnten. Nimm sie mit nach unten zu deinen Schwestern. Ich bin sicher, sie möchten dir gerne helfen. Ich werde hier oben bleiben und zu Bett gehen. Gute Nacht, Schatz."

Hanna gab ihrer Großmutter einen Gutenachtkuss und holte dann die Truhe aus dem Kasten. Sie war schwerer als gedacht, aber das war auch gut so, denn das hieß, dass sich in ihrem Inneren einiges verbarg.

Wie sich unten in Anwesenheit ihrer Schwestern herausstellte, befand sich wirklich viel mehr als erwartet in der Truhe. Es waren Andenken, die sich so gut wie auf Avas ganzes Leben bezogen. So etwa kamen neben Sammelalben mit Zeitungsausschnitten über das Tanzstudio und Fotoalben mit Aufnahmen der fünf Schwestern allen voran auch Fotos ihrer Mutter und ihres Vaters zum Vorschein. Es gab sogar ein altes Programm aus einem Club in Seattle und einige Briefe, die Hanna einen nach dem anderen überflog, um eventuell etwas Stichhaltiges über Poppys Verschwinden herauszufinden.

Den anderen schien das Durchstöbern von Grandmas alten Sachen ebenso sehr zu gefallen, wenngleich sie sich nicht mit derselben Zielstrebigkeit wie Hanna ans Werk machten. Von Zeit zu Zeit unterbrach Paige, um einen Kommentar über einige der Tanzkostüme auf alten Aufnahmen aus der Schule abzugeben, während Rachel gelegentlich Fragen zu in Notizen erwähnten Personen stellte. Emily schien das Sammeln der Fotos ihrer Mutter einstweilen völlig zufriedenzustellen.

Letztendlich fand Hanna das Gesuchte ziemlich weit unten in der Truhe. Es war in einem Umschlag verstaut. Es handelte sich um ein einzelnes, ungerahmtes Foto, auf dem eine um einiges jüngere Ava zu sehen war, die ihren Arm über die Schultern einer anderen Frau gelegt hatte. Ohne die Recherchen, die Hanna bereits unternommen hatte, hätte sie diese zweite Frau nicht wiedererkannt.

Jetzt erkannte sie aber sofort, dass es sich um Poppy Peterson handelte.

Dennoch konnte sie nicht umhin laut auszusprechen: „Wie ist das nur *möglich*?"

Warum sollte Ava jemals ihren Arm um Poppy gelegt haben? Sie hätten sich doch hassen sollen. Zumindest Poppy hätte Ava hassen sollen. Trotzdem lachten sie beide. Insofern sie es beurteilen konnte, war das Foto nirgendwo auf der Insel aufgenommen worden. Wo konnten sie sich also getroffen haben?

Hanna starrte auf die Fotografie und suchte nach Anhaltspunkten. An einer Seite standen Gebäude in einem Winkel, doch Hanna hatte vielmehr den entfernteren Hintergrund im Blick. Die Skyline hatte sich zwar im Verlauf der vergangenen Jahrzehnte sichtlich stark verändert, doch sie war *sicher,* dass es sich um das Times Square Building handelte, das an der Ecke gerade noch zu sehen war. Dahinter gab es zwar weder Space Needle noch Wolkenkratzer, aber die Aufnahme war zweifellos in Seattle gemacht worden.

„Hanna?", rief Emily ihr hinterher, als sie schleunigst aufstand und auf die Tür zulief. „Wo willst du hin?"

„Ich muss Joel erzählen, dass ich gerade eben ein Foto seiner Großtante zusammen mit Grandma gefunden habe", erklärte Hanna und hielt dabei das Foto hoch. „Und dann … muss ich morgen Früh vermutlich nach Seattle. Vielleicht kann ich herausfinden, wo genau die beiden waren."

„Seattle? Du fährst so mir nichts, dir nichts wieder weg?" Emily hielt ihre Arme ausgestreckt nach oben, als würde sie sich ergeben. „Okay, ich werde mich deshalb nicht streiten. Uns beiden ist klar, dass du letzten Endes doch tust, was du willst, genauso wie du es als kleines Mädchen schon getan hast."

Hanna drehte sich um, um ihre große Schwester zu umarmen. „Du weißt ja, ich liebe dich. Auch wenn du die rechthaberischste, herrischste große Schwester der Welt bist."

„Ich liebe dich auch", sagte Emily. „Auch wenn du immer schon die mühsamste kleine Schwester der Welt warst."

Und als Hanna auf die Tür zusteuerte, fragte sie sich nur für einen kurzen Moment, ob Emily sich wohl je gewünscht hatte, dass sie einmal von jetzt auf gleich nach

Seattle abhauen würde, anstatt sich um all die Dinge in Haus und Garten zu kümmern, die sie sich für den nächsten Tag vorgenommen hatte? Irgendwie bezweifelte Hanna das aber. Sie und Emily hatten immer schon unterschiedliche Träume und Ziele in Bezug auf ihr Leben gehabt.

Emily war aber immer noch die beste Schwester, die Hanna sich wünschen hätte können.

KAPITEL 10

Die Morgenfähre zurück auf das Festland war nicht besonders voll, da es die meisten Leute während der Walsaison vorzogen, die Insel zu besuchen anstatt sie zu verlassen. Ein paar weibliche Teenies, die nach Seattle wollten, redeten über ein Festival, einige Inselbewohner machten eine Einkaufstour und ein wie einer der Meeresbiologen aussehender Typ wollte zurück an die Universität, um seine Forschungsergebnisse auszuwerten.

Und dann waren da noch Hanna und Joel.

Sie wollten nach Seattle, da sie hofften, mehr über Poppys Aufenthalt dort herauszufinden. Im Gepäck hatten sie nichts weiter als ein Foto und eine Menge Hoffnung.

Joel stand stillschweigend neben ihr auf dem offenen Deck und starrte auf das Foto. Hanna war etwas in Sorge, dass die Gischt es beschädigen könnte, verlangte es jedoch nicht zurück. Sie wusste nämlich, dass Joel immer noch nicht restlos davon überzeugt war, dass seine Großtante mit Ava zu tun gehabt hatte. Wenn sich zwei Menschen hätten hassen sollen, dann wären es schließlich die beiden gewesen. Was er auf dem Foto sah, schien ihm so abwegig, dass er sich einen Tag frei genommen hatte, obwohl er ihr vorher erklärt hatte, dass er aufgrund der anlaufenden Sommersaison und der steigenden Zahl von Bootsfahrten einen übervollen Terminplan hatte.

Trotzdem konnte sie die Hoffnung nicht aufgeben, dass das Foto und das dahinter verborgene Rätsel nicht der einzige Grund dafür gewesen waren, dass er kurzerhand mit ihr die Fähre nach Seattle bestiegen hatte. Denn wenngleich sich auf der Fähre nicht übermäßig viele Menschen drängten, hatte Joel sich genau neben sie gesetzt. Er war ihr ausreichend nahe, dass sie spürte, wie seine Haut die ihre berührte, sobald sie durch die Bewegungen des Schiffs aneinandergedrückt wurden. Während der Fahrt sah er ein paar Mal zu ihr hinüber, als hätte er etwas sagen wollen, doch immer wandte er seinen Blick wortlos ab und richtete ihn erneut auf das Foto.

Vermutlich hätte sie sich darüber wundern sollen, wie stimmig es sich anfühlte, mit ihm zu sein und gemeinsam nach Seattle zu fahren, um Poppys Vergangenheit einem Puzzle gleich zusammenzusetzen. Doch während sie nebeneinander auf der Fähre saßen, konnte sie sich schlichtweg nicht vorstellen, dass sie diese Reise ohne ihn angetreten wäre.

Jedes Mal, wenn sie einen Blick auf ihn riskierte, erwischte sie ihn dabei, wie auch er zu ihr herüberblickte. Die Glut, die sie in seinen Augen gesehen hatte, als sie auf dem Dachboden, in der Höhle und in den Archiven waren, war noch heißer geworden … so heiß, dass sie Hannas Haut beinahe zum Brennen brachte.

„Möchtest du nicht deine Kamera herausholen, Hanna?"

Ihre Finger tasteten etwas ungeschickt umher, als sie nach ihr griff. „Gute Idee." Doch wenngleich es ein perfekter Sommertag auf dem Wasser war, konnte das funkelnde blaue Wasser rings um sie herum es nicht mit Joel aufnehmen. „Das hier draußen scheint wie für dich gemacht."

Er lächelte geradewegs in ihre Linse. „Ich liebe es, auf dem Wasser zu sein. Das war schon immer so."

Ihre Videokamera fing seinen sehnsuchtsvoll über die Meerenge schweifenden Blick ein und plötzlich musste sie einen Kloß in ihrem Hals hinunterschlucken, als sie allmählich in den städtischen Fährhafen einfuhren. Wenn es jemals einen Mann gegeben hatte, der aufs Meer gehörte und nicht hinter einen Schreibtisch, dann war es Joel, dachte sie bei sich.

Bei ihrer Ankunft in Seattle wenige Minuten später, sprang Joel auf den Hafenkai und reichte ihr seine Hand, um ihr beim Aussteigen zu helfen. Dabei verfing sich ihr Fuß ein wenig, so dass sie für einen Moment ins Wanken geriet. Sie brauchte eine freie Hand, um ihr Gleichgewicht wiederzufinden, doch dazu hätte sie ihre Kamera loslassen müsse. Das konnte sie aber nicht machen, da sie dadurch alle Aufnahmen vom Tag verloren hätte.

Joel löste das Problem, indem er ihre Hüften umfing

und sie vom Boot hob. Als er ihren Körper mit seinen Armen umspannte, nahm sie an, dass er sie diesmal eigentlich küssen hätte können. Doch im letzten Moment machte er einen Rückzieher.

So wie er es immer getan hatte.

„Wir müssen uns beeilen, wenn wir bis zur Rückfahrt der Fähre den Ort auf dem Foto finden wollen", sagte er.

Er hatte recht. Natürlich hatte er recht. Ihnen blieben ja nur ein paar Stunden auf dem Festland und sie hätte wegen Poppy und der Dokumentation freudig erregt sein sollen … und sich nicht selbst bemitleiden, weil Joel sie einfach nicht küssen wollte.

Sie zog das Foto heraus und starrte darauf. „Ein Haus unter all den Häusern in Seattle – vielleicht existiert es ja gar nicht mehr."

„Es geht ja nicht um die ganze Stadt, oder doch?", führte Joel an und zeigte sich ausnahmsweise einmal positiver als sie. „Es ist, als würde man mit einem Boot um die Insel navigieren. Wir müssen einfach nach Anhaltspunkten Ausschau halten."

Hanna nickte. Sie hatte bereits das Times Square Gebäude ausfindig gemacht. Theoretisch konnten sie also ihre Suche von dort aus beginnen. Wenn sie dann in die richtige Richtung gingen, hofften sie, das gesuchte Objekt auch tatsächlich zu finden.

Der Kapitän der Fähre unterbrach sie in ihren Gedanken. „Ich hoffe, alles ist in Ordnung, Mister Peterson? Wir sehen Sie ja nicht sehr oft bei uns an Bord."

„Ja, Phil, alles bestens. Ich habe in Seattle zu tun." Joel nahm das Foto von Hanna und zeigte es dem anderen Mann. „Wissen Sie vielleicht, wo das hier, mal abgesehen vom Times Square Gebäude, sein könnte? Die Aufnahme war vermutlich in den späten 40ern oder den frühen 50er-Jahren gemacht worden."

Phil schüttelte seinen Kopf. „Tut mit leid, aber ich habe keine Ahnung. Sie sollten unbedingt mit Frank sprechen. Er ist als einziger lange genug dabei, um zu wissen, wie die Stadt damals ausgesehen hat. Er bringt die Fähre heute Abend wieder zurück."

„Vielen Dank für den Tipp, Phil." Joel wandte sich erneut Hanna zu. „Sieht aus, als müssten wir es auf die harte Tour angehen."

„Mit dir den Tag in Seattle verbringen? Das hört sich nicht besonders schlimm an", sagte Hanna, noch bevor sie es sich anders überlegen hätte können.

Glücklicherweise erwiderte Joel ihr Lächeln und sagte: „Wir sollten nun loslegen."

Wie weit wir es doch schon gebracht haben, dachte sie, während sie sich daran erinnerte, wie er sie eine Woche zuvor beinahe aus seinem Büro geworfen hatte.

Die Fahrt im Taxi ging nur schleppend voran, denn die Straßen waren voll mit Hunderten von Buden und Attraktionen, die man zur Freude tausender Menschen in der Sonne aufgestellt hatte. Nachdem sie beim Times Square Gebäude angekommen waren, umrundeten sie es, ließen dabei die quadratische Form mit den massive Rundbögen sowie die alte Architektur des Platzes auf sich wirken und versuchten, den Standort ausfindig zu machen, von dem aus das Foto aufgenommen worden war. Da Joel ziemlich rasch klar wurde, dass die Veränderungen in der Stadt seit den 1950er-Jahren eine anschließende systematische Suche durch die einzelnen Straßen zu einer besonderen Herausforderung machen würden, kaufte er in einem der Souvenirläden einen Stadtplan. Dann holte er einen Stift hervor und zeichnete eine gerade Linie in jene Richtung, die sie ihrer Meinung nach an den gesuchten Ort auf dem Foto bringen würde.

Sie zogen zu Fuß los, denn der Bereich, den sie absuchen wollten, lag mitten auf dem Festivalgelände. Hanna wusste, dass sie sich an und für sich keine Ablenkungen gestatten konnten. Wie hätte sie aber der Verlockung durch die farbenfrohen Stände, Auslagen und Straßentänzer widerstehen können? Deshalb nahm sie ihre Kamera, um die gesamte Szenerie auf Film zu bannen. Und als ihr Magen zu knurren begann, kaufte Joel an einem marokkanischen Stand nicht nur zwei würzige Lammkebabs, sondern aß am Ende auch noch die Hälfte ihrer Portion. Es war beinahe so, dachte sie, als wären sie ein richtiges Paar.

Nach vier Jahren an der Universität war Hanna immer noch beeindruckt, wie rasch Seattle sich verwandelte, wenn ein Festival in der Stadt war. Jedes Festival hatte eine ganz individuelle Prägung. Und dennoch wurde ihr plötzlich klar, dass die anscheinend sonderbaren und nicht zusammenpassenden neuen

Elemente vielmehr wie Linsen und Filter waren anstatt komplett andere Szenen – es waren einfach andere Arten, die Stadt wahrzunehmen, um schließlich in ihren Kern vorzudringen.

Während sie durch die Stadt gingen, ertappte sich Hanna beim Gedanken an Joel und all die unterschiedlichen Facetten, die sie in den letzten Tagen an ihm entdeckt hatte.

Er war ein Peterson und Chef eines traditionsreichen Familienunternehmens, der für Akten, Meetings und Telefonate verantwortlich war, selbst wenn sie den Eindruck hatte, dass es der Ozean war, der ihn wirklich in seinen Bann zog.

Er war jener Kerl, der als Star-Quarterback und angesehenes Mitglied der kleinen Inselgemeinde auch noch gutaussehend und erfolgreich genug war, um jede Frau für sich zu gewinnen, die er gewollt hätte. Dennoch war er immer noch ungebunden.

Und er war auch schon Jahre lang nicht mehr in einem Kino gewesen, hatte sie bis dato rund ein halbes Dutzend Mal beinahe geküsst … und hatte sich eigentlich ziemlich aufgeschlossen gezeigt, als er mit der schockierenden Vorstellung konfrontiert wurde, dass seine Großtante sich 1951 vielleicht doch nicht das Leben genommen hatte.

Hanna war sehr bewusst, dass sie ihre Kamera auf das Festivalgeschehen oder die nähere Umgebung, die sie absuchten, richten sollte und doch landete Ihre Linse immer wieder auf Joel.

„Du liebst es, dir alles durch deine Kamera anzusehen, stimmt's?"

„Ich möchte keine Gelegenheit verpassen, um hervorragendes Material zu sammeln."

„Aber kommt das unmittelbare Erleben dann nicht zu kurz?"

„Ich denke, dass ich durch die Kamera manchmal sogar mehr mitbekomme. Die Leute öffnen sich mir manchmal so, wie sie es ansonsten nie tun würden." Sie deutete auf einen Straßenkünstler, der mit brennenden Fackeln jonglierte. „Ich bekomme das Herz der Dinge zu sehen."

„Ja, vielleicht blickst du ja ins Herz anderer Menschen", entgegnete Joel. „Aber was ist mit deinem?"

Ihr Professor hatte dasselbe gesagt. Aber nun, da es aus Joels Mund kam, hatte es irgendwie mehr Gewicht. Hanna senkte die Kamera für einen Augenblick ab und sah ihn an. Was meinst du damit?"

„Du bist unglaublich interessiert am Rest der Welt", sagte Joel, „aber was ist mit den Dingen, die *dir* wichtig sind?"

Die Frage war derart persönlich, dass Hanna vorübergehend total perplex und sprachlos war. „Die Dokumentation über unsere Familien ist mir wichtig. Und ohne sie", wagte sie mit sanfter Stimme hinzuzufügen, „hätte ich nie all die Zeit mit dir verbringen können."

Joels Augen fixierten sie einen langen Moment über, bevor er schließlich sagte: „Ich habe das Gefühl, dass du auch heute viel Zeit mit mir verbringen wirst. Du hast nämlich recht, dass es einer Suche nach der Nadel im Heuhaufen gleichkommt, wenn wir den Ort auf dem Foto ausfindig machen möchten."

Und das stimmte. Ein altes Haus in einer Stadt von der Größe Seattles aufzustöbern, war allem Anschein nach ein Ding der Unmöglichkeit. Doch Joel schien die gemeinsame Suche nicht weiter zu stören, während er ihr Fragen zu bedeutenden Denkmälern wie der Space Needle und dem Eingang zur Underground City stellte. Leider hatte sie es sich trotz ihres vierjährigen Aufenthalts an der Universität aus irgendeinem Grund nie zur Aufgabe gemacht, diese Orte zu erkunden.

Als sie verstummte, sagte er: „Macht nichts, Hanna, wir suchen einfach weiter, bis wir es finden."

„Nein", sagte sie mit einem leichten Kopfschütteln. „Darum geht's nicht. Mir ist zwar klar, dass wir heute mit großer Wahrscheinlichkeit keinen Volltreffer landen, aber ich bin verbissen genug, um weiterzusuchen, selbst wenn wir heute Nachmittag kein Glück haben."

„Warum hast du dann plötzlich so traurig ausgesehen?"

Er hatte erneut ihre Gefühle bemerkt. Beziehungsweise hatte er sie danach gefragt, was noch besser war … es war geradezu, als würde er beginnen, sich wahrhaftig für sie zu interessieren.

„Ich habe mich auf einmal gefragt, weshalb ich in vier Jahren am College hier nie auf die Spitze der Space Needle gestiegen bin? Warum bin ich in meiner kleinen

Blase geblieben, ohne mich jemals wirklich hinauszuwagen? Zumal ich ja weiß, dass ich Erfahrungen in der Welt machen muss, um sie anderen Menschen anhand meiner Filme zu vermitteln?”

„Nun ja, da du mich ja ins alte Kino auf der Insel mitgenommen hast, sollte ich jetzt vielleicht mit dir die Space Needle besichtigen?”

Hanna dachte, er würde einen Witz machen, bis sie eine halbe Stunde später von ganz weit oben hinunter auf die Stadt blickte. „Ich bin mir ziemlich sicher”, sagte sie mit einer Stimme, die so emotionsgeladen war, dass sie es nicht zu verbergen vermochte, „das hier ist das erste Mal, dass ein Peterson und eine Walker zusammen auf der Spitze der Space Needle stehen.” Als er über den mittlerweile zum Running Gag zwischen ihnen gewordenen Ausspruch lachte, sagte sie: „Danke, dass du mich hier herauf gebracht hast. Zumal ich ja weiß, dass wir immer noch da unten nach dem Haus Ausschau halten sollten.”

„Betrachte es einfach als Teil der Recherche”, sagte er, obwohl seine Augen eine solche Warmherzigkeit ausstrahlten wie noch nie. Es war beinahe so, als vermochte auch er kaum noch gegen seine Gefühle für sie anzukämpfen. „Wir sollten die wichtigen Sehenswürdigkeiten lokalisieren. Ist das dort drüben das Stadion der Seahawks?”

Während der nächsten halben Stunde waren sie mit dem Versuch beschäftigt, nach Häusern zu suchen, die aussahen wie das auf dem Foto. Von so weit oben war das aber nicht zu machen. Nachdem sie wieder nach unten gegangen waren, kamen sie an einer Reihe Clubs vorbei, deren Fassaden darauf hindeuteten, dass sie schon ziemlich lange bestanden. Die Leute in den Clubs hatten aber alle Hände voll mit zahlenden Touristen zu tun, dass niemand Zeit hatte, mit Hanna und Joel über die alten Fotos zu sprechen. Und da die meisten Mitarbeiter ungefähr in Hannas Alter waren, nahm sie ohnehin an, dass keiner von ihnen überhaupt daran interessiert gewesen wäre.

Das war jedoch ein Problem, denn es wurde langsam spät. Sie waren nun schon stundenlang in der Stadt herumgegangen und hatten immer noch keinerlei Anhaltspunkte.

„Wir werden wohl zurück müssen, nicht wahr?"

Joel nickte. „Wenn wir die Fähre nicht versäumen wollen."

Sie nahmen ein Taxi zurück zum Hafen, wo die Fähre bereits wartete. Da sie die Abfahrtszeit bereits mindestens um einige Minuten überschritten hatten, nahm Hanna an, dass der Kapitän mit dem Erscheinen seines Chefs gerechnet hatte. Als dann ein älterer, vom Meer gezeichneter Mann mit einem Bart, der ihn in den Augen Hannas zur lebendigen Karikatur eines Schiffskapitäns machte, an der Anlegestelle auf sie zukam, musste sie ihn unbedingt filmen.

„Da sind Sie ja, Mister Peterson." Der Mann hob überrascht eine Augenbraue. „Und Mrs. Walker ist auch da. Wir wollten gerade abfahren."

„Danke, dass Sie auf uns gewartet haben", sagte Joel und schüttelte seine Hand. „Wir werden sie nun nicht weiter aufhalten, Frank."

„Frank?" Hanna erinnerte sich an die Worte des Kapitäns auf der Hinfahrt: dass Frank die Strecke schon so lange befuhr, dass er sich vielleicht auch an die Stadt in den frühen 50ern erinnern konnte. Das Ganze war zwar ziemlich aussichtslos, aber nach einem ganzen Tag der Suche waren selbst aussichtslos anmutende Unterfangen einen Versuch wert. Sie stellte ihre Kamera ab und zog zum wiederholten Male die Aufnahme von Ava und Poppy hervor. „Der Skipper von heute morgen meinte, dass Sie vielleicht wissen, wo dieses Foto aufgenommen wurde. Wir haben fast den ganzen Tag nach dem Ort gesucht."

Frank starrte einige Sekunden lang auf das Foto und nickte dann. „Ich glaube, das ist in einer alten Straße mit Frühstückspensionen, in denen meist Künstler wohnten. Ich kann Ihnen auf der Rückfahrt gerne den Namen der Straße geben, wenn Sie möchten."

„Ehrlich gesagt", sagte Joel, „wäre es wirklich hilfreich, wenn Sie uns die Adresse jetzt schon geben könnten."

„Aber wenn wir die Adresse heute Abend noch suchen", gab Hanna Joel zu bedenken, „können wir nicht vor morgen Früh auf die Insel zurück. Und ich weiß, dass du deinem Büro vermutlich nicht noch einen Tag fernbleiben kannst, um mit mir durch Seattle zu laufen."

„Das ist es mir wert", sagte Joel. „Solange es für dich in Ordnung ist, wenn wir heute Nacht hier in der Stadt bleiben."

„Natürlich ist es das."

Er nahm die Adresse, die Frank notiert hatte, und sagte dann: „Lass uns gleich nach dieser Frühstückspension suchen."

KAPITEL 11

Hanna hielt das Foto hoch und verglich die Abbildung mit dem Haus vor ihr. Der Hintergrund hatte sich zwar verändert und es war seit der Zeit, in der Grandma und Poppy davorgestanden hatten, offensichtlich viele Male neu gestrichen und instandgesetzt worden, doch es handelte sich zweifellos um dasselbe Gebäude, das sich mit seiner Vorkriegsfassade deutlich von den anderen Gebäuden in der Straße abhob.

„Wow, es existiert immer noch", staunte Joel. „Ich war mir nicht sicher, ob wir es finden würden."

Er war sich zwar nicht sicher, hatte sie aber trotzdem nach Seattle begleitet – und hatte jetzt sogar vor, die Nacht dort zu verbringen.

Erstaunlich.

Sie brachte ihre Kamera in Stellung, um diesen Augenblick festzuhalten und suchte in Gedanken nach etwas, was sie sagen hätte können, das die Bedeutung ihrer neuesten Entdeckung auf den Punkt bringen würde. Es sah jedoch so aus, als hätte sie ihre Schilderung auf später verschieben müssen, denn just in jenem Moment fühlte sich ihr Gehirn gleichzeitig zu leer und zu vollgestopft an.

„Bist du bereit hineinzugehen?"

„Wie steht's mit dir?", gab sie zurück, wobei ihr Tonfall von jemandem, der sie nicht wirklich kannte, als scherzhaft ausgelegt werden hätte können. In Wahrheit war sie jedoch völlig ernst.

„Ich denke, wir wären beide verrückt, wenn wir das alles auf uns genommen hätte, ohne jetzt hineinzugehen."

Selbstverständlich würde er keinen Rückzieher machen. Das war eine der Eigenschaften, die sie an Joel so mochte. Nur eine von vielen.

Hanna schluckte mühsam und hielt dabei ihre Kamera in der Hand, als sie auf die Tür der Frühstückspension zusteuerten. Unglücklicherweise sah die Frau am Empfang nicht aus, als wäre sie in der Lage gewesen, ihnen Näheres zu Vorfällen in den 50er-Jahren zu erzählen, denn sie war kaum älter als Hanna, obwohl sie im Retrostil aus der Mitte des letzten Jahrhunderts gekleidet war.

„Hallo zusammen", sagte die Frau an der Rezeption. Die Kamera schien sie dabei gottlob überhaupt nicht zu stören. „Ich bin Mandy."

„Hallo, Mandy." Hanna sah sich um. Es sah aus, als hätte jemand alles, was er aus der Zeit zwischen 1900 und den 1950er-Jahren kriegen konnte, an einem Platz gesammelt. Die Palette reichte von reihenweise Fotos an den Wänden über Vasen und Möbelstücken aus jener Zeit. „Das hier ist ziemlich … beeindruckend."

„Und schwer zu finden”, fügte Joel hinzu, während er an Hannas Seite trat.

„Wir haben fast den ganzen Tag danach gesucht.”

„Jetzt haben Sie uns ja gefunden.” Mandy lächelte. „Auf welchen Namen haben Sie reserviert?”

Hanna schüttelte ihren Kopf. „Wir haben keine Reservierung.”

„Dann haben Sie nochmal Glück gehabt. Wir waren restlos ausgebucht, aber aufgrund einer kurzfristigen Absage ist gerade ein Zimmer frei geworden.”

Hanna bewegte die Kamera und setzte zu ihrer Erklärung an. „Ursprünglich hatten wir nicht vor, die Nacht in der Stadt zu verbringen. Da die letzte Fähre nach Walker Island aber jetzt bereits abgefahren ist, denke ich, dass wir wohl hierbleiben müssen. Wie auch immer”, fügte sie hinzu. „Es ist zwar etwas kompliziert, aber ich drehe gerade eine Dokumentation über meine und über Joels Familie. Und weil wir glauben, dass Mitglieder unserer Familien irgendwann einmal hier waren, wäre es sehr hilfreich, wenn wir uns ein wenig umsehen könnten.”

Mandy dachte einen Moment lang darüber nach und nickte dann. „Aber sicher. Es freut mich immer, jemanden zu treffen, der sich so wie ich für die Vergangenheit interessiert. Wussten Sie, dass dieses Bed & Breakfast bereits seit fast einhundert Jahren existiert?”

„Wir haben zumindest angenommen, dass es 1951 bereits hier war”, sagte Hanna. Wann genau waren Ava und Poppy überhaupt hier? *Weshalb* waren sie hier?

Wenn es nämlich zwei Menschen gab, die definitiv nicht zusammen hier sein hätten sollen, dann waren es die beiden.

Natürlich, so dachte Hanna, gab es auch eine ganze Menge Leute, die der Auffassung gewesen wären, dass auch sie und Joel nicht zusammen hier hätten sein sollen. Stellte sich lediglich die Frage, ob Joel immer noch zu diesen Leuten zählte? Oder hatte er in der Zwischenzeit bereits seine Meinung geändert …

„Diese Lampe stammt aus einer Auktion vor ein paar Jahren", erklärte Mandy ihnen, „und dieser Schreibtisch ist von meiner Großmutter, die auch hier gearbeitet hat. Der Rahmen gehörte einem Privatsammler, der sich seines Werts anscheinend nicht wirklich bewusst war, und …"

Hanna ließ sich von den Worten berieseln. Sie hätte wohl besser zuhören sollen. Ja, das hätte sie wirklich. Immerhin waren sie endlich auf jene Person gestoßen, die besser über die Geschichte dieses Hauses bescheid wusste als irgendjemand anders. Und dennoch konnte sie in diesem Moment an nichts Anderes denken als an Joel und beobachtete ihn durch ihre Linse, wie er behutsam ein kleines Segelbootmodell hochhob, um es sich eingehender anzusehen.

„Hey! Was machen Sie da?", ertönte eine schrille Stimme links neben Hanna.

Sie drehte sich um, wobei sie ihre Kamera automatisch mitschwenkte und dabei ein älteres Paar filmte. Sie nahm an, dass die beiden zum Festival gekommen waren … doch keiner von beiden sah besonders glücklich aus.

„Sie können doch nicht einfach mir nichts, dir nichts Leute an einem öffentlichen Ort filmen", brummte der Mann.

Mandy ging stirnrunzelnd auf die beiden zu. „Gibt es ein Problem, Mister und Mrs. Smith?"

Hanna bekam mit, wie die beiden angesichts der allzu allgemeinen Anrede, die Mandy gewählt hatte, kurz innehielten, und ahnte augenblicklich, weshalb das Paar nicht in einem Hotel gefilmt werden wollte.

„Und ob es ein Problem gibt", sagte Mister Smith mit Nachdruck. „Lassen Sie denn ständing irgendwelche Leute Ihre Hotelgäste filmen? Das ist ein massiver Eingriff in die Privatsphäre."

„Da könnte ja jeder kommen", stimmte ihm die Frau an seiner Seite zu.

Joel trat an die beiden heran. „So jemand wie ein Privatdetektiv zum Beispiel?"

„Wie bitte? Nein! Warum sollten wir …"

Joel hielt eine Hand hoch. „Hanna ist eine seriöse Dokumentarfilmerin. Glauben Sie wirklich, dass Sie an *Ihnen* interessiert ist?"

Eine seriöse Dokumentarfilmerin.

Nicht einmal ihre Professoren fanden solche Worte für sie. Zumindest nicht bis jetzt. Sie aus Joels Mund zu hören … nun, Hanna konnte sich an niemanden erinnern, der ihr je mit nur ein paar einfachen Worte ein solches Wohlgefühl vermittelt hatte.

„Trotzdem", sagte der Mann, „sie kann nicht einfach mit ihrer Videokamera herumfuchteln. Wer weiß denn auch, wer das Material letztlich zu Gesicht bekommt?"

Hanna war kurz davor, ihnen zu versprechen, dass sie alle Aufnahmen in Verbindung mit ihnen löschen würde, doch Joel machte nicht den Eindruck, als wäre er mit ihrer Verteidigung fertig.

„Hanna würde nie etwas tun, um jemanden zu verletzen. Unterstehen Sie sich nicht, Ihr das zu unterstellen."

Als das Paar steifbeinig in Richtung Zimmer stolzierte, stellte sich Mandy an Hannas Seite.

„Ich mag den heldenhaften Charakter Ihres Freunds."

„Er ist nicht …" Hanna setzte an, ließ dann jedoch ab. Es zu erklären, hätte zu lange gedauert. Nach allem, was Joel für sie getan hatte, während ihr Herz gerade vor Dankbarkeit und Emotion in ihrer Brust pochte, war es ohnehin extrem schwierig, sich ihn nicht als festen Freund zu wünschen. „Ich werde das Material nicht verwenden."

„Da die Herrschaften ja rein gar nichts mit dem Objekt Ihrer Suche zu tun haben", sagte Mandy, „kann ich mir auch nicht vorstellen, dass Sie das tun werden." Aus dem Speisesaal ertönte eine Kingel, woraufhin sie sagte: „In Kürze werden wir das Abendessen servieren. Möchten Sie, da Sie nun doch unerwarteterweise die Nacht in Seattle verbringen, nicht doch vielleicht mein freies Zimmer nehmen? Wegen des Festivals sind alle anderen Hotels, die ich in der Nähe der Fähranlegestelle kenne, ausgebucht. Sie haben also Glück, dass es frei ist. Ich werde Ihnen auch einen guten Last-Minute-Preis machen."

Was für ein Glück. Das war Ansichtssache, da Joel wahrscheinlich beim Gedanken, ein Zimmer mit ihr teilen zu müssen und in Versuchung zu geraten, die seit nunmehr so vielen Jahrzehnten bestehende Peterson-Walker-Blockade zu durchbrechen, vermutlich ausflippen würde.

„Wir nehmen es."

Hanna wandte sich Joel verwundert zu. „Bist du sicher?"

„Ich denke, das wäre die beste Lösung, nicht wahr, Hanna?"

Das Feuer, das sie schon den ganzen Tag über in seinen Augen gesehen hatte, brannte heißer als je zuvor, als sie einwilligte: „Ja, finde ich auch."

Die Deko ihres Zimmers glich der des restlichen Hotels. Die Kommode war antik, der Wandschrank war üppig verziert und hatte eine Spiegelfront und der Kaminsims über der offenen Feuerstelle war kunstvoll geschnitzt.

Und es gab natürlich nur ein Bett. Ein sehr romantisch aussehendes Bett.

„Nachdem Sie beide sich im Zimmer eingerichtet haben, können Sie jederzeit gerne wieder nach unten kommen, um mehr über die Geschichte unseres Hauses zu erfahren und vielleicht auch eine Kleinigkeit zu essen."

Hanna nickte stumm. Sie wusste jetzt schon, dass sie nach wenigen Minuten im selben Raum mit Joel das Weite suchen würde müssen. Wenn sie das nämlich nicht tat …

„Wir werden gleich wieder nach unten kommen", versprach sie und Mandy zog die Tür hinter sich zu.

Diese einfache Geste erhöhte die Spannung im Zimmer augenblicklich. Und da sie nun alleine waren, konnte sie unmöglich darüber hinwegsehen, wie gut Joel aussah. Wie nett er doch den ganzen Tag über gewesen war.

Und wie sehr sie ihn doch küssen wollte.

Wie würden Sie wohl eine ganze Nacht überstehen, in der sie sich ein Zimmer teilen mussten?

„Ich kann auf dem Boden schlafen", schlug Joel vor und beantwortete damit ihre unausgesprochene Frage.

„Sei nicht albern. Auf dem Bett ist noch genug Platz für dich. Auf diesem Bett hätte eine ganze Kompanie Platz."

Doch in jenem Augenblick, in dem Joels Blick sich mit ihrem verband, war offensichtlich, wie sehr er sie wollte. So sehr, wie sie ihn wollte.

„Um die Kompanie mache ich mir auch wirklich keine Sorgen, Hanna." Seine Miene schien leicht gequält, als er sagte: „Ich werde mein Gesicht mit etwas kaltem Wasser erfrischen."

Während er auf das Badezimmer zusteuerte, versuchte Hanna sich abzulenken, indem sie ihre Kamera für ein Videotagebuch über den bisherigen Tagesablauf montierte. Etwas für die Dokumentation. Bloß fehlten ihr, als es soweit war, die Worte. Das einzige, woran sie denken konnte, war Joel.

Deshalb schaltete sie ihre Kamera wieder ab, holte ihr Handy hervor und sendete ihren Schwestern eine Nachricht. *Habe Fähre verpasst. Bleibe über Nacht in Seattle. Joel ist auch hier, alles in Ordnung.*

Das Wort ‚Ordnung' beschrieb die Lage nicht wirklich treffend, aber sie hütete sich davor, ihren Schwestern gegenüber in irgendeiner Weise anzudeuten, dass sie und Joel sich ein Zimmer teilten. Unter diesen Umständen war es bereits riskant genug, ihn überhaupt zu erwähnen.

Hanna versuchte einen klaren Kopf zu bekommen, während sie sich auf dem Bett zurücklehnte und die Decke anstarrte. Sie hatte weder eine Reisetasche dabei noch hätte sie in Gegenwart von Joel irgendetwas ausgezogen. Nun gut … sofern er es nicht von ihr verlangte.

Nein. Es würde nicht geschehen. *Zwischen ihnen* würde es nicht geschehen.

Als Joel wieder aus dem Badezimmer kam, blieb er ein paar Meter vom Bett entfernt stehen. Er befürchtete, ihr zu nahe zu kommen, obwohl sie beide komplett angezogen waren.

Hanna wusste, dass sie den Raum verlassen musste, und zwar schnell. Noch bevor sie etwas sagte oder tat, das er ihr nicht verzeihen würde können.

Und vielleicht wäre ihr das auch gelungen, wenn Joel nicht nach ihrer Hand gegriffen und sie an sich gezogen hätte, als sie vom Bett aufstand.

„Hanna?" Seine tiefe Stimme drang bis in ihre Zehenspitzen vor. „Ich habe die ganze Woche schon versucht, gegen das hier anzukämpfen, aber …"

Als seine Hand auf der ihren lag und sein Blick sie von innen heraus wärmte, musste sie ganz einfach näher kommen und flüsterte: „ …nun ist es an der Zeit, dass ein Peterson und eine Walker noch etwas tun, das sie sechzig Jahre lang nicht getan haben, was meinst du?"

Und dann küsste sie ihn.

Und die Art, wie er ihren Kuss erwiderte, raubte ihr den Atem. Sein Mund auf ihrem war in einem Augenblick unnachgiebig und zum Äußersten entschlossen, im anderen wieder sanft und zärtlich. Sie versuchte, sich die Konturen seiner Lippen bis ins kleinste Detail einzuprägen, während seine Bartstoppeln sich herrlich rau gegen ihre Wange drückten.

„Ich möchte nicht, dass du auf dem Boden schläfst. Und ich möchte auch nicht einfach nur schlafen", sagte sie leise. „Ich weiß, dass du deine ständige Zurückhaltung für richtig hältst, aber das ist sie nicht. Ich möchte mich dir gegenüber nicht mehr zurückhalten. Besonders nachdem ich dich nun besser kennenlernen durfte und einen so wunderbaren Tag mit dir verbracht habe. Können wir nicht einfach für eine Nacht wir selbst sein, so fühlen wir wir fühlen und uns keine Gedanken darüber machen, was vor so vielen Jahren zwischen unseren Familien vorgefallen ist?"

Er sagte zwar nicht *ja,* musste es aber auch gar nicht, denn die Art, wie er sie fest entschlossen an sich zog und ihren Mund einmal mehr im Sturm eroberte, war ihr Antwort genug.

Außerdem fühlte sie sich so sicher mit Joel und so perfekt, dass sie nur noch für den Moment leben wollte.

KAPITEL 12

Am nächsten Morgen erwachte Hanna mit einem Lächeln auf den Lippen. Die letzte Nacht war perfekt.

Absolut *perfekt.*

Sie fühlte unbändige Energie in sich und konnte es kaum erwarten zu sehen, was der neue Tag bringen würde. Nachdem sie Joel einen flüchtigen Guten-Morgen-Kuss gegeben hatte, schnappte sie sich ihre Kleider und hüpfte praktisch quer durch den Raum ins Badezimmer.

Nach dem gemeinsam verbrachten Tag – und der gemeinsamen Nacht – hätte sie eigentlich völlig erschöpft sein *müssen.* Während sie duschte und sich anzog, war ihr aber völlig klar, warum sie vor Energie sprühte.

Sie liebte Joel. Sie liebte ihn mit Haut und Haar. Liebte ihn mit jeder Faser ihres Körpers.

Wäre es anders gewesen, hätte sie nie die Nacht mit ihm verbracht.

Joel würde an diesem Tag zurück auf die Insel müssen. Sie hoffte jedoch, dass sie sich zuvor noch ein wenig Zeit stehlen würden können, um sich mit Mandy zu treffen und mit ihr eine Führung durch die Vergangenheit des Bed & Breakfast zu unternehmen, zu der sie am Vorabend nicht mehr gekommen waren.

Vielleicht würden sie dadurch mehr über Poppys Vergangenheit erfahren, vielleicht aber auch nicht. Allein der Gedanke, dass Joel bei ihr sein und während ihrer Nachforschungen ihre Hand halten würde, reichte aus, damit sich ein wärmendes Feuer seinen Weg ins Zentrum von Hannas Herz bahnte.

* * *

Als Hanna wieder aus der Dusche kam und sich so hübsch wie immer gekleidet hatte, nahm Joel an, dass er sich mittlerweile an ihre Schönheit gewöhnt haben sollte. Insbesondere nachdem sie sich während der vorangegangenen Nacht unzählige Stunden in den Armen gelegen waren. Doch er war so überwältigt wie immer. Und zwar so sehr, dass er kaum klar denken konnte und seine Finger am letzten Knopf seines Hemds herumfummelten.

„Sollen wir nach unten gehen? Ich würde nämlich", sagte sie mit einem Grinsen, das bezaubernd und sinnlich zugleich war, „auch liebend gerne hier oben bleiben."

Es fiel ihm verdammt schwer, die Stimmen in seinem Kopf zum Verstummen zu bringen. Sie warnten ihn unentwegt, dass er in Bezug auf sie dabei war, einen großen Fehler zu begehen und sein Vater und sein Großvater – würden sie noch leben – es ihm niemals verzeihen würden, wenn er sich mit einer Walker einließ. Schließlich gelang es ihm aber doch noch, ihr zu antworten: „Da wir gestern nicht zu Abend gegessen haben, sollten wir jetzt wohl besser nach unten gehen und frühstücken."

Einer von ihnen musste diesbezüglich ja vernünftig bleiben, nicht wahr? Vor allem da die vergangene Nacht alles andere als das gewesen war.

Er konnte klar erkennen, wie sich Enttäuschung auf ihrem Gesicht breit machte, bevor sie diese rasch verdrängte. „Ich prüfe nur noch schnell, ob meine Kamera aufgeladen ist, und dann können wir gehen."

Nur jemand wie Hanna brauchte ihre Videokamera, um zu frühstücken. Joel amüsierte das sichtlich und in jenem Moment war sein Verlangen nach ihr größer als je zuvor. Als er kurze Zeit vor ihr aufgewacht war, reichte es aus, sie beim Schlafen zu beobachten, während er sie in seinen Armen hielt, damit das Herz in seiner Brust kleine Saltos schlug. Und als sie ihm nach dem Aufwachen einen Kuss gegeben hatte, hatte es sich so stimmig angefühlt. Selbst jetzt musste er sich zurückhalten, um sie nicht erneut zu küssen.

Doch allein der Gedanke daran, wie sehr er sich nach ihr verzehrte, machte ihn nervös.

Er wollte so viel, so schnell. Und noch dazu ausgerechnet mit einer Walker.

Eine Walker, die jedes Mal, wenn er ihr in die Augen sah, sein Herz schneller schlagen ließ.

„Ich habe es total genossen, neben dir aufzuwachen",

sagte sie mit sanfter Stimme, während sie eine Hand in die seine gleiten ließ. „Ich kann es kaum erwarten, dass wir das wiederholen."

Es waren nur ein paar einfache Worte, doch sie deuteten auf so viel mehr hin. Nicht nur auf die perfekte Art und Weise, wie sie sich letzte Nacht als Mann und Frau vereint hatten … sondern auch auf die Möglichkeit einer gemeinsamen Zukunft.

Beim Gedanken daran, was sein Vater und Großvater sagen würden, wenn sie ihn mit Hanna sehen hätten können, wurde es erneut eng in seiner Brust. Die beiden wären sicher wutentbrannt. Sie wären sauer, weil er aus der Reihe getanzt und sich in sie verliebt hatte.

Im Erdgeschoss war Mandy bereits dabei, ein paar anderen Gästen das Frühstück zu servieren. Dank Hanna und ihrer freundlichen Fragen fand Joel bald schon heraus, dass das grauhaarige Ehepaar schon seit Jahrzehnten alljährlich das Festival besuchte, die Gruppe von College-Studenten für das Großereignis erstmals aus Vancouver angereist war und die am selben Tisch sitzenden Damen die weite Anreise aus New York auf sich genommen hatten, um das Festival mitzuerleben.

„Was machen Sie denn, wenn Sie nicht zu Festivals reisen?", fragte sie eine der Frauen.

„Ich arbeite im Bereich Pyrotechnik."

„Mit so etwas wie Feuerwerken?"

„Genau genommen sind es hauptsächlich Kinofilme und TV-Shows."

„Toll! Wenn meine Schwester Morgan also das

nächste Mal das Makeup für eine Actionserie macht, dann sind Sie also vielleicht auch mit dabei?"

„Ihre Schwester arbeitet im Filmgeschäft?"

Binnen kürzester Zeit plauderten alle angeregt miteinander. Die Gespräche drehten sich von Filmsets über Künstlerateliers in Seattle bis zu den persönlichen Festivalerlebnissen der Anwesenden um die verschiedensten Themen. Joel hätte sich auch beteiligen können. Stattdessen hatte er sich zurückgelehnt und beobachtete Hanna bei der Arbeit. Diese Seite an ihr, die hinaus in die Welt ging, um alles über das Leben der anderen zu erfahren, war ebenso hinreißend wie alle anderen Seiten an ihr. Die Leute antworteten ihr, weil sie sich aufrichtig für sie zu interessieren schien. Sie machte sich wirklich etwas aus ihnen.

„Studiert ihr alle Anthropologie?", fragte Hanna die Gruppe von College-Studenten, die aus Vancouver zum Festival angereist waren. „Kann sein, dass ich nicht ganz unvoreingenommen bin, aber meiner Ansicht nach müsste ein Ausflug nach Walker Island für eure Studien eine verdammt tolle Erfahrung sein. Und natürlich würdet ihr dort auch eine Menge Spaß haben."

Und immer wieder die Insel. Joel konnte Hanna keinen Vorwurf machen, dass sie immer wieder aufs Neue die Insel ins Spiel brachte, denn auch sein Leben drehte sich um sie. Darüber hinaus liebte er Walker Island ebenso sehr wie sie.

Dennoch bestand das Problem genau darin. Es ging um *Walker* Island. Jede Erwähnung des Namens barg zwangsläufig die Erinnerung daran, dass sie nicht zwei x-beliebige Menschen waren, die sich ineinander verliebt hatten. Ganz im Gegenteil. Jeder von ihnen trug einen riesigen Rucksack voller Familiengeschichten, die von Herzschmerz und Verrat handelten. Zumindest für eine kurze Weile war es ihm aber gelungen, die Vergangenheit ruhen zu lassen und sich stattdessen darauf zu konzentrieren, wie Hanna dem Leben anderer Leute anscheinend mehr Bedeutung verlieh, indem sie ihnen lediglich ihre Aufmerksamkeit schenkte.

Genauso wie sie es mit meinem gemacht hat.

Hanna streckte ihre Hand aus, um seine zu berühren. „Wir sollten nachsehen, wo Mandy steckt. Ich möchte wissen, ob sie uns vor unserer Abreise vielleicht noch etwas erzählen kann."

Als die Geschäftsführerin des B&B in der Küche vorfanden, fragte sie: „Wie war Ihr Abend?"

„Das Zimmer ist zauberhaft und das Bett war ausgesprochen bequem."

Joel glaubte zu erkennen, wie Hanna etwas errötete, während sie das sagte. Jemand, der sie nicht besonders gut kannte, hätte es aber vermutlich überhaupt nicht bemerkt.

„Wir hatten gehofft, dass Sie vielleicht jemanden kennen, der sich an diesen Ort in den 50er-Jahren erinnert, mit dem wir sprechen könnten?"

„Meine Großmutter hat das Hotel früher geführt. Jetzt bin aber nur noch ich hier. Ich weiß aber so ziemlich alles über die Geschichte."

Hanna holte das Foto von Poppy und Ava hervor und zeigte auf Poppy. „Ich versuche gerade, Näheres über diese Frau herauszufinden. Wir dachten, dass Sie vielleicht noch alte Geschäftsbücher oder Zeitungen haben, anhand derer wir eventuell herausfinden, ob sie einmal Gast in Ihrem Haus war."

„Weshalb suchen Sie denn nach ihr?", fragte Mandy. „Wer ist sie?"

„Ihr Name ist Poppy." Hanna sah zu Joel hinüber und eine Frage stand in ihren Augen geschrieben. Als er ihr nickend zustimmte, mehr darüber zu erzählen, sagte sie: „Poppy Peterson. Sie war Joels Großtante und die Frau auf dem Foto neben ihr ist meine Großmutter. Wir glauben, dass diese Aufnahme vermutlich aus den späten Vierzigern oder frühen Fünfzigern stammt. Sie ist sagen wir einmal schon seit sehr langer Zeit verschollen und wir versuchen herauszufinden, was tatsächlich mit ihr geschehen ist."

Mittlerweile war Mandys Gesichtsausdruck teilnahmsvoll. „Wenn ich kann, helfe ich Ihnen sehr gerne. Geben Sie mir nur eine Minute."

Sie verschwand im Hinterzimmer und als sie zurückkam, sagte sie: „Das hier sind die Reservierungsbücher von damals. Sie sind wie große Tagebücher der alten Pension."

Der Bücherstapel war riesig und Joel musste sich eingestehen, dass er die ganze Zeit über bereits gewusst hatte, dass die Chance, hier auf irgendwelche Hinweise auf seine Großtante Poppy zu stoßen, relativ gering war.

Und dennoch hatte er sich während der arbeitsreichsten Zeit des Jahres für ganze zwei Tage von der Peterson Reederei freigemacht, um mit Hanna nach Seattle abzuhauen.

So gesehen war es Schwachsinn … Schwachsinn, der nur funktionierte, solange er sich das Ganze nicht allzu genau ansah.

„Ich glaube, ich habe etwas gefunden!", verkündete Hanna nach nur wenigen Minuten des Lesens. „Joel, dir sagt das vielleicht mehr als mir."

Er war verwundert darüber, dass sie vielleicht schon nach so kurzer Zeit etwas gefunden hatte, und las einige Notizen der Hauswirtschafterin bezüglich des erhöhten Bedarfs an Handtüchern sowie der Bitte nach einem freien Nachmittag, die nichts Besonderes darstellten, obwohl sie mit einem ‚P' unterzeichnet waren.

Dann sah er sich die Handschrift aber genauer an.

„Siehst du, wie ähnlich ihre Handschrift jener des Gedichts ist?"

Joel konnte es mühelos erkennen, war aber zu schockiert, um es für wahr zu halten.

Das Datum war 1952. Ein Jahr nach Poppys mutmaßlichem Ableben.

„Wissen Sie vielleicht, wer diese Notiz geschrieben hat?", fragte Hanna Mandy.

„Wenn ich mich recht an die Aussagen meiner Großmutter erinnere, muss es eines der Zimmermädchen gewesen sein. Ich glaube, auf ihrem Lohnzettel stand der Name Penny." Mandy duchblätterte das Buch und stieß tatsächlich auf einen Lohnzettel mit einem halben Dutzend Namen, von denen einer schlichtweg mit Penny P. vermerkt war. „Mal sehen, sie hat ungefähr ein Jahr hier gearbeitet."

Hanna fragte Mandy nach weiteren Einzelheiten. Joel hingegen brauchte dringend frische Luft und so schlich er sich aus dem Raum und stellte sich auf die Veranda vor dem Haus. So sehr er es auch leugnen hätte wollen, musste er zugeben, dass die Handschrift eindeutig dieselbe war.

Das bedeutete, dass seine Großtante entgegen aller anderslautenden Annahmen nicht gestorben war.

Stattdessen … hatte sie das Weite gesucht, um als Zimmermädchen in einer Frühstückspension in Seattle zu arbeiten.

„Joel?", Hanna kam heraus auf die Veranda und stellte sich neben ihn. „Alles in Ordnung mit dir? Bist du nicht froh darüber, dass wir nun mit Sicherheit wissen, dass Poppy sich nicht umgebracht hat?"

„Das heißt, dass sie abgehauen ist, Hanna." Seine Stimme hörte sich selbst in seinen eigenen Ohren dumpf an. „Es heißt, dass sie ihre Familie verlassen hat."

Poppy hatte sich von allen um sie herum abgewendet. War einfach gegangen. So wie alle in seiner Familie es anscheinend taten.

Joels Eltern und Großeltern waren bereits Jahre zuvor verstorben. Seine Tante, sein Onkel und seine Cousins und Cousinen, die auf dem Festland lebten, waren sobald sich die Möglichkeit geboten hatte verschwunden und hatten ihn alleine mit der Firma zurückgelassen. Es hatte niemanden gekümmert, ob er sich dieses Leben wünschte, und Besuche gab es höchst selten.

Und nun hatte er eben erst herausgefunden, dass die tragischste Figur in seiner Familie ebenso so selbstsüchtig gewesen war wie der Rest?

„Immerhin …", setzte Hanna an und streckte ihre Arme nach ihm aus, aber Joel trat von ihr weg.

Zwar nahm er dabei die Kränkung in ihrem Gesicht wahr, doch in jenem Moment war sein Schmerz so groß, dass er einfach nicht anders konnte als zurückzuweichen.

Er musste komplett zurückweichen.

„Das hier war ein Fehler. Das alles. Dich in die Archive zu lassen. Poppys Vergangenheit zu beleuchten. Hier nach Seattle zu kommen, um Jagd auf ein auf einem alten Foto abgebildetes Haus zu machen."

„Und was ist mit letzter Nacht? War deiner Meinung nach auch das ein Fehler?"

Joel hatte sich gewünscht, dass das wunderbare Zusammensein mit Hanna den gesunden Menschenverstand außer Kraft setzen würde. Doch nun wusste er mit absoluter Sicherheit, dass wenn Poppy sich ohne Rücksicht auf die Menschen, die sie liebten, einfach aus dem Staub gemacht hatte, auch *jeder* andere einfach weggehen konnte.

„Ja, es war ein Fehler. Und zwar einer, den ich in Bezug auf dich unbedingt vermeiden wollte."

Ihm war klar, wie sehr sie seine Worte verletzen

mussten, doch sie weinte nicht. Und lief auch nicht davon.

Genau genommen tat sie genau das Gegenteil und sagte: „Ich weiß, dass es ein Fehler war. So etwas Schönes kann nicht wahr sein."

Ihre völlige Gewissheit, dass sie unabhängig von der Meinung anderer hervorragend zueinander passten, erschütterte ihn bis ins Mark. „Als du mir erzählt hast, dass du diese Dokumentation machen willst", erinnerte er sie, „hast du mir geradeheraus gesagt, dass du damit in den Aufbaustudiengang kommen könntest. Und wenn das klappt, dann wirst du uns verlassen."

So wie alle ihn verlassen hatten. So wie seine Eltern ihn verlassen hatten. So wie seine Onkel, Tanten, Cousins und Cousinen ihn verlassen hatten.

So wie Poppy ihn verlassen hatte.

„Aber ich lie …"

Joel unterbrach Hanna, bevor sie den Satz beenden konnte. „Und selbst, wenn du bleiben würdest … wenn du meinetwegen bleiben würdest … wäre das genauso schlecht, denn dann wäre ich der Kerl, der dich gezwungen hat, deinen Traum zu begraben. Das wäre nicht richtig. Für keinen von uns beiden."

Er wusste, was nun zu tun war. Im Grunde hatte er es von Anfang an gewusst. Doch Hannas Lächeln, ihr Lachen, ihre schönen blauen Augen, die ihn in ihren Bann zogen, ihre Intelligenz und Leidenschaft waren so verlockend, dass er seinen Verstand ausgeschalten hatte.

„Du solltest dich aufmachen, wenn du die Fähre

zurück auf die Insel nicht versäumen willst, Hanna. Ich werde auf einem der Muschelboote zurückfahren."

Er erlaubte sich einen letzten Blick auf sie und die Erinnerung, wie schön die Zeit mit ihr doch gewesen war, bevor er dafür sorgte, dass er es dieses Mal war, der fortging.

KAPITEL 13

Hanna war nicht völlig klar, wie sie nach Hause gelangt war. Sie konnte sich gerade noch daran erinnern, wie sie ihren Rückweg durch Seattle geschafft hatte, während rund um sie das Festival noch in vollem Gange war. Es schien ihr so ungerecht, dass der Rest der Welt sich immer noch amüsierte, während Joel ihr kurz zuvor das Herz gebrochen hatte. Er hatte es genau genommen in eine Million Teile zerbrochen. Und sie konnte sich auch kaum noch an die Überfahrt mit der Fähre erinnern, da sie sich die ganze Zeit über fragte, wie Joel weggehen hatte können, ohne sich nochmals nach ihr umzusehen.

Als sie schließlich am Haus der Walkers ankam, wankte sie durch die Eingangstür. Als Charlotte brüllte: „Tante Hanna ist wieder zuhause!", umarmte sie ihre Nichte kurz, bevor sie rasch die Treppe nach oben lief, damit Charlotte nicht mitbekam, wie sie in Tränen ausbrach.

Kurze Zeit später öffnete Emily die Tür zu ihrem Schlafzimmer. Ihre älteste Schwester setzte sich neben Hanna und legte einen Arm um sie. „Wir haben deine Nachricht erhalten", sagte Emily behutsam. „Was ist passiert?"

„Joel und ich …"

Hanna schüttelte den Kopf. Sie konnte sich mühelos vorstellen, was Emily dazu sagen würde, dass sie mit Joel im Bett war. *Wie konnte sie nur so dumm sein und etwas mit einem Peterson anfangen? Verstand sie denn nicht, dass er die völlig falsche Person für sie war?*

Aber darin lag das Problem. Hanna konnte es nicht verstehen. Sie liebte ihn. Sie liebte ihn und er war fortgegangen, als wäre das, was sie gemeinsam erlebt hatten, rein gar nichts wert gewesen.

So als wäre *sie* nichts wert gewesen.

„Wir haben es geahnt", sagte Emily sachte. Und anstatt ihr eine Moralpredigt zu halten oder *Ich hab's dir ja gesagt* von sich zu geben, zog Emily Hanna einfach noch näher an sich heran. „Ich dachte, dass das Zusammensein mit Joel dich glücklich machen würde, Hanna."

„Ich war glücklich. Super glücklich, Emily. Bis er gegangen ist."

„Dann verdienst du eben etwas Besseres als ihn."

Genau darin lag aber das Problem, dachte Hanna, während sie sich die Tränen wegwischte. Es *gab nichts* Besseres als Joel. Und nun war er weg. Er war weg und allein diese Tatsache fühlte sich wie ein riesiges schwarzes Loch in ihrem Inneren an, das sich auftat und alles andere verschlang.

Doch Hanna wusste, dass Emily es nicht verstehen würde. Insbesondere nicht, da sie ausschließlich wahrnahm, dass Joel Peterson ihre jüngste Schwester zum Heulen gebracht hatte. Ein Teil von ihr wollte nichts so sehr, als sich ihrer Schwester mit all ihren Hoffnungen, Ängsten und Träumen anzuvertrauen. Ein anderern Teil wollte einfach nur alleine sein.

Am Ende blieb sie still und Emily ging, wobei sie ihr mitteilte, dass sie nach unten gehen und Hanna etwas zu essen machen wollte. War es Zeit für Mittag- oder Abendessen? Hanna war sich nicht sicher. Sie wusste nicht einmal, wie lange sie schon wieder zuhause war. Hungrig war sie jedenfalls nicht.

Einige Minuten nachdem Emily das Zimmer verlassen hatte, kam Rachel herein. Ihre zweitälteste Schwester nahm ihre Hand. „Ich weiß, wie schmerzhaft es ist, wenn ein Typ einen einfach sitzen lässt", sagte sie. Offensichtlich hatte sie bereits mit Emily gesprochen.

Hanna konnte in den Augen ihrer Schwester immer noch den Schmerz erkennen, der seinen Ursprung im Verlassenwerden durch Charlottes Vater hatte. Sie musste danach nicht nur tagtäglich das Leben als alleinerziehende Mutter meistern, sondern hatte sich auch von möglichen anderen romantischen Beziehungen zurückgezogen, um nicht wieder verletzt zu werden.

„Joel hat mich nicht einfach sitzen gelassen, zumindest nicht sofort. Zuerst haben wir in Seattle ein paar Dinge über Poppy herausgefunden. Wichtige Dinge."

„Danach wollte er aber, dass du nicht mehr an seiner Familie herummurkst, stimmt's?", riet Rachel.

„Nein, er war nicht mehr sauer, weil ich an meiner Doku dranbleiben wollte. Nicht nachdem er eingewilligt hatte, mit mir zusammen nach Informationen zu suchen. Was er über Poppy herausgefunden hat, hat ihn wütend gemacht. Sie hatte nach der Auflösung ihrer Verlobung ihrem Leben kein Ende bereitet; stattdessen hatte sie ohne ein Wort zu ihrer Familie alles hinter sich gelassen, um in Seattle ein neues Leben zu beginnen." Hanna versuchte immer noch, den Sinn darin ausfindig zu machen. „Er war verärgert, total verärgert, als er herausfand, dass sie ohne nachzudenken von ihrer Familie weggegangen war. Und dann ist *er* auf dieselbe Art und Weise von *mir* fortgegangen."

Rachel drückte ihre Hand. „Ich bin mir ziemlich sicher, dass die ganze Welt einfacher wäre, wenn Männer vernünftig wären. Aber du hast ja uns, und wir werden dafür sorgen, dass du dir keine Gedanken mehr über ihn machen musst."

So einfach war es aber nicht. Hanna konnte Joel nicht einfach hinter sich lassen und ihr Leben weiterleben.

Nicht, wenn sie ihn immer noch liebte.

Und nicht, wenn sie sich an den Schmerz in Joels Stimme erinnerte, als er ihr sagte, dass er sich nicht mehr mit ihr treffen konnte. Er schien sich so sicher zu sein, dass sie ihn verlassen würde, so wie Poppy all die Jahre zuvor ihre Familie verlassen hatte.

„Eines Tages", versprach Rachel, „wird der Schmerz nachlassen und alles wird sich nach und nach wieder normalisieren."

Aber Hanna wollte ihr altes Leben nicht mehr zurück. Sie wollte Joel und die Vorstellung von einem Leben mit ihm, das sie ganz automatisch vor Augen hatte, und das sich tief in ihrem Herzen wie ihre *neue* Normalität anfühlte.

„Charlotte hat eine Zeichnung für dich gemacht. Nun ja, es ist wohl eher ein Handabdruck."

„Das ist lieb von ihr." Hanna zwang sich zu lächeln, doch es ging nicht. Sie wollte aber auch nicht, dass ihre Nichte sie so sah beziehungsweise dass sie in dem Glauben aufwuchs, sich zu verlieben würde bedeuten, verletzt zu werden. „Ich weiß nicht …"

„Ich weiß es. Sobald du bereit bist, schicke ich sie nach oben, um dir hallo zu sagen. Jetzt muß ich aber nach ihr sehen, bevor sie beschließt, die Wände mit Buntstiften zu übermalen."

Einige Minuten später steckte Paige ihren Kopf zur Tür herein. „Ich nehme an, dass du schön langsam die Nase voll davon hast, dass wir alle nachsehen, ob es dir wieder besser geht."

Hanna schüttelte den Kopf. „Nein, ich könnte nie die Nase von irgendeiner von euch voll haben."

„Ich habe unten ein paar Details mitbekommen", sagte Paige, als sie sich mit gewohnter Grazie aufs Bett setzte, „es reicht, um davon ausgehen zu können, dass Emily einen auf Große-Besserwisser-Schwester gemacht und Rachel dir vermutlich gesagt hat, dass alle Männer unberechenbare Schweine sind." Paige knuddelte sie.

„Deshalb habe ich mir gedacht, ich leiste dir ein wenig Gesellschaft, bis du mich hinauswirfst.”

Hanna liebte all ihre Schwestern, hatte jedoch zu jeder von ihnen eine spezielle Beziehung. Emily hatte Hanna gesagt, wie sie ihre Probleme lösen sollte. Rachel war einmal die etwas Wildere der Schwestern gewesen, die alles immer als Erste zu tun schien und letztlich an den Risiken, die sie eingegangen war, zerbrach. Paige hatte, obwohl sie älter als Hanna war, niemals irgendwelche Entscheidungen verurteilt. Sie hatte einfach nur zugehört und die Dinge besprochen, wenn Hanna das Bedürnis danach hatte.

„Ich habe in Seattle mit Joel geschlafen.”

Paige blieb sitzen und hörte nur zu, so wie sie es versprochen hatte.

„Nach dem Frühstück am nächsten Morgen sagte er mir, dass wir einen Fehler begangen hatten, indem wir zusammen waren. Du hast recht damit, dass Emily und Rachel denken, dass er mich verlassen hat, weil er ein Peterson ist beziehungsweise, weil Männer das nun mal tun.”

„Warum denkst du, ist er weggegangen?”

„Wir haben herausgefunden, dass Poppy als Zimmermädchen in der Pension gearbeitet hat, in der wir übernachtet haben. Das war 1952.”

„Aber”, sagte Paige eindeutig überrascht, „sie ist doch 1951 gestorben.”

„Nein”, bekräftigte Hanna, „das ist sie auf gar keinen Fall. Und als wir erfuhren, dass sie von der Insel und ihrer Familie geflohen sein musste, um ein neues Leben zu beginnen, begann Joel darüber zu sprechen, dass die Menschen sich immer auf und davon machen … und dass ich, sobald ich meine Dokumentation im Kasten hätte, genau dasselbe tun würde."

Paige sagte diesmal überhaupt nichts. Sie verstand sich immer schon gut darauf, nichts zu sagen.

„In Wahrheit", sagte Hanna, „*weiß* ich nicht, ob ich es getan hätte. Ich will damit sagen, dass ich eigentlich so gut wie immer schon auf den Masterstudiengang in Filmwissenschaften hingearbeitet habe. Ich wusste ja nicht, dass ich mich in Joel verlieben würde. Warum konnte er mir nicht etwas Zeit zum Nachdenken geben? Um mir klar zu werden? Warum musste er mich nur so aus seinem Leben katapultieren?"

Paige legte beide Arme um Hanna. „Wir sind alle für dich da. Egal, was du brauchst. Du weißt das, nicht wahr?"

Natürlich stimmte das. Dann klingelte Hannas Telefon. Morgan rief aus New York an.

Paige verließ das Zimmer, als Hanna den Anruf entgegennahm, um mit ihrer Schwester zu sprechen, die augenblicklich loslegte: „Emily und Rachel haben angerufen, um mir von deiner Dokumentation zu erzählen, und davon, dass du sie für die Aufnahme in einen Masterstudiengang brauchst … und was dir mit Joel passiert ist, als er dich sitzengelassen hat, bevor du ihn sitzen lassen konntest. Alles okay bei dir?"

Hanna war ihrer Schwester dankbarer als sie es ihr je

hätte sagen können, dass Morgan nicht einfach angeboten hatte, in Sachen Filmlehrgang ein paar Anrufe in ihrem Namen zu machen. „Danke, dass du anrufst und dich nach mir erkundigst. Es tut so gut, deine Stimme zu hören. Aber …" Sie konnte nicht lügen und vorgeben, dass es ihr gut ging. Nicht, wenn im Moment genau das Gegenteil der Fall war.

„Du bist super, Hanna. Schon als wir kleine Kinder waren, hattest du solche Visionen und ein Talent für das Erzählen fesselnder Geschichten. Und du bist auch einer der warmherzigsten, offensten und ehrlichsten Menschen, denen ich je begegnet bin. Ich kenne Joel lediglich von der Schule und nur vom Sehen oder als wir uns als Kinder in der Stadt über den Weg gelaufen sind, doch ich muss einfach glauben, dass er tief in seinem Herzen weiß, dass du ihn niemals verlassen würdest, wie es die Mitglieder seiner Familie getan haben." Hanna konnte hören, wie im Hintergrund jemand mit Morgan sprach. „Tut mir leid", sagte ihre Schwester mit leiser Stimme, „aber ich muss jetzt Schluß machen, sonst bekommt der Leinwandstar, mit dem ich gerade arbeite, einen Tobsuchtsanfall, der sich gewaschen hat."

Als sie auflegte, dachte Hanna über Morgans Worte nach, vor allem darüber, was sie über ihre Ehrlichkeit gesagt hatte.

Sie hatte ihm letzte Nacht alles gegeben. Die Wahrheit war aber dennoch, dass sie immer noch für die Aufnahme in den Masterstudiengang filmte. Sie musste sich selbst fragen, was geschehen wäre, wenn sie die

Aufnahme geschafft hätte? Hätte sie Joel dann einfach zurückgelassen?

Nein. So viel ihr das Programm auch bedeutete, so wenig hätte sie ihn einfach verlassen. Und warum sollte sie das auch?! Sie hätten sicher einen Kompromiss gefunden, damit sie zusammensein und beide gleichzeitig auch ihre Träume verwirklichen hätten können.

Und außerdem konnte Hanna einfach nicht glauben, dass Poppy ihre Familie bedenkenlos im Stich gelassen hatte. Sofern Joels Großtante nicht irgendeine andere Wahl gehabt hatte.

Dennoch schienen alle Anzeichen darauf hinzudeuten, dass Poppy nach Seattle abgehauen war und alle in dem Glauben ließ, dass Ava und William sie in den Selbstmord getrieben hatten. Ein Makel, der den beiden noch Jahre lang anhaftete.

Es klopfte leise an der Tür, bevor ihre Großmutter eintrat. „Hanna, Liebes."

Natürlich war Grandma für sie da, wenn sie traurig war. Genauso wie sie für Hanna da war, als sie in ihrer Kindheit Schrammen an den Knien hatte oder weinte.

Ava setzte sich neben Hanna auf das Bett und hielt eine kleine Pappschachtel in Händen. „Deine Schwestern haben mir so einiges von dem erzählt, was gerade los ist." Sie streifte Hanna eine Haarsträhne aus dem Gesicht. „Ich bin mir aber nicht sicher, ob eine von ihnen wirklich die ganze Geschichte kennt, oder doch? Du liebst Joel, nicht wahr?"

Hanna nickte ohne zu zögern.

„Ich möchte dir nun erzählen, was ich über Poppy Peterson weiß, wenn du das immer noch willst."

„Ich dachte, du hättest ein Versprechen gegeben?"

„Das habe ich auch. Und ich habe es schon so lange gehalten, dass es jetzt beinahe ein Teil von mir ist. Alle Beteiligten sind tot. Trotzdem habe ich mein Bestes gegeben."

„Warum solltest du es jetzt brechen?"

„Bei dem Versprechen ging es darum, Menschen Schmerz zu ersparen. Joel und du, ihr leidet deswegen jetzt aber ganz fürchterlich. Poppy hätte das nicht gewollt, Hanna. Du hättest sie gemocht, wenn du sie gekannt hättest. Und ich weiß, dass sie auch dich gemocht hätte." Ava öffnete die Schachtel. Sie war voll mit alten Kuverts. „Du wunderst dich vielleicht, warum du die hier noch nie gesehen hast. Ich hatte sie an einem besonderen Ort aufbewahrt, wo sie neugierige kleine Mädchen nicht finden konnten", sagte sie mit einem kleinen Lächeln. Ava griff in eines der Kuverts und zog eine Postkarte heraus. „William und ich haben die erste Karte rund eine Woche nach Poppys Verschwinden erhalten. Es stand lediglich ‚Es geht mir gut.' darauf. Obwohl sie nicht mit ihrem Namen unterschrieben hatte, wussten wir augenblicklich, dass die Karte von ihr war. Sie verschickte sie immer in Umschlägen, auf deren Außenseite sie unsere Namen und Adressen tippte. Vermutlich tat sie das, damit niemand im Postamt ihre Handschrift auf den Postkarten erkennen konnte. Und wir haben sie zwar alle behalten, sie aber nie jemandem gezeigt."

„Das verstehe ich nicht", sagte Hanna, während Ava ihr die Umschläge übergab und sie daraufhin eine Postkarte nach der anderen herauszog. Die ersten Karten waren alle eindeutig aus Seattle abgeschickt worden. Die anderen kamen jedoch von verschiedenen Orten, die dem Anschein nach im ganzen Land verstreut waren. „Was ist damals geschehen, Grandma?"

„Du muss vorab erst einmal wissen, dass William und Poppy einander niemals geliebt haben. Sie liebten ihre Familien, aber ihre Familien liebten ihre Stellung auf der Insel ebenso sehr wie sie ihre Kinder liebten. Vielleicht sind meine Erinnerungen an jene Situation auch einfach nur brutaler als die der meisten anderen."

Das war angesichts der Behandlung, die ihr nach ihrer Heirat mit William und Poppys Verschwinden seitens der Inselbewohner zuteil wurde, auch völlig verständlich. Hanna äusserte sich diesbezüglich jedoch nicht. Sie ließ ihre Großmutter die Geschichte einfach weitererzählen.

„Alle sagten, wie gut William und Poppy doch zusammenpassen würden. Selbst drüben in der Stadt, wo ich als Tänzerin arbeitete, sprach man darüber, dass die Heirat zwischen dem Sohn des Beeren-Magnaten und der Tochter des Schiffseigners zwei mächtige Unternehmen vereinen würde. Wohlgemerkt ging es immer nur ums Geschäft, über die Liebe wurde kein Wort verloren. Als ich William dann kennenlernte, wusste ich in der Sekunde, dass er Poppy nicht liebte.

Das war auch darauf zurückzuführen, dass ich ihn vom ersten Augenblick an liebte. Wie sich herausstellte, hatte auch er sich in mich verliebt, wenngleich er Poppy keinesfalls verletzten wollte, da er eigentlich annahm, dass sie ihn liebte. Deshalb suchten wir nach einer vernünftigen Lösung, um sie fragen zu können, und haben uns unter dem Vorwand, einen Einkaufsbummel machen zu wollen, mit ihr in Seattle getroffen."

„Sie hat ihn nicht geliebt?"

Ava lächelte. „Es stellte sich heraus, dass sie William nicht mehr liebte als er sie. Und das Leben, das ihre Familie für sie geplant hatte, interessierte sie auch überhaupt nicht. Sie wollte eine Dichterin sein. Sie wollte so viel mehr sein als nur ein Hilfsmittel, um zwei Familien aneinander zu binden. Genauso wie dein Großvater einfach nur Lehrer und nicht Großunternehmer sein wollte."

„Ihr habt also gemeinsam diese Verschwörung angezettelt?"

„Verschwörung ist ein starkes Wort", entgegnete Ava. „Aber ja, wir haben darüber gesprochen. Wir wollten glücklich sein. Wir alle. William und ich wollten heiraten und seine Familie vor vollendete Tatsachen stellen. Poppy war somit frei und konnte ihren Träumen folgen."

„Aber ihr habt die Leute in dem Glauben gelassen, dass sie gestorben war", sagte Hanna, wobei sie ihre Stimme erhob, als würden all ihre Gefühle auf einmal hochkommen. „Du hast damit zugelassen, dass sie dich für ihren Selbstmord verantwortlich machen."

„Poppy hat mir William geschenkt. Sie hat mir die Liebe meines Lebens überlassen. Wenigstens konnte ich ihr helfen, dass sie eine Chance bekam, ihre Träume zu verwirklichen." Ava legte eine Hand auf Hannas Hand und erklärte: „Du musst dir im Klaren darüber sein, wie es damals war und oft auch heute noch ist. Glaubst du, dass sie ihre Familie, wenn sie gewusst hätte, dass sie noch am Leben ist, ziehen hätte lassen? Sie hatte vor, irgendwann einmal, sobald sie sich ein neues Leben aufgebaut haben würde, gestärkt zurückzukehren und sich mit ihrer Familie zu konfrontieren. Sie wäre sich dann sicher gewesen, dass sie sie weder umstimmen noch unter Druck setzen hätten können, damit sie ihre Regeln befolgte und auf ihr eigenes Leben verzichtete." Ava warf erneut einen Blick nach unten auf die Postkarten. „Ich habe sie später noch ein- oder zweimal getroffen, bevor sie Seattle verlassen hat. Danach gab es nur noch Postkarten. Und nach einigen Jahren bekamen wir auch davon keine mehr."

Hanna saß da und starrte auf die Postkarten. „Was soll ich jetzt machen, Grandma?"

„Das ist deine Entscheidung, Schatz. Nun gut, du *könntest* nach unten gehen und deinen Schwestern die Entscheidung überlassen. Du kannst mir aber vertrauen, wenn ich dir sage, dass William und ich glücklicher mit unserer eigenen Entscheidung waren. Ich würde mir wünschen, dass es letzendlich auch für Poppy so war. Ich weiß nicht genau, wie sich die Dinge für sie entwickelt haben, nachdem sie uns keine Postkarten mehr gesendet hat. Ich weiß lediglich, was sie sich gewünscht und wovon sie geträumt hat. Genauso wie du immer gewusst hast, was du wolltest, und stets deine eigenen Träume verwirklichen wolltest."

Mit diesen Worten drückte ihr Ava einen Kuss auf die Stirn und ließ sie dann mit der Schachtel auf ihrem Schoß allein.

* * *

Joel lenkte das Muschelboot langsam zurück in den Hafen. Er steuerte es mit der gesamten Kompetenz, die er sich während seiner Zeit als Chef der Reederei Peterson erworben hatte. Leider sagte es eine Menge darüber aus, wie wenig Zeit er in den letzten Jahren auf dem Wasser verbringen hatte können, als der Kapitän anfangs etwas beunruhigt zur Kenntnis nahm, dass er das Steuerrad für sich beanspruchte.

„Mag sein, dass es sich um ein Firmenboot handelt, Sir, aber ich möchte keinesfalls riskieren, dass etwas schief läuft."

Joel erwies sich aber als äußerst geschickt und konzentrierte sich darauf, das Boot auf Kurs zu halten. Dem Kapitän schien es nicht zu passen, wie die Gischt seinen Anzug in Mitleidenschaft zog, aber Joel freute sich schlichtweg über die Chance, sein Sakko auszuziehen und seine Krawatte gleich hinterherzuwerfen.

Die Mannschaft tauchte nach den Muscheln anstatt Schleppnetze auszuwerfen. Dies war nur eine der vielen

Maßnahmen, die sie ergriffen, um das Meer rund um die Insel zu schützen. Sie liebten das Meer viel zu sehr, um es anders zu machen.

Und sie waren nicht die einzigen, die das Meer liebten. Joel tat es auch, und zwar so lange er sich zurückerinnern konnte.

Draußen auf dem Wasser zu sein, hatte etwas so Unkompliziertes und Unverfälschtes. Nach allem, was die Woche über passiert war, war er endlich wieder in der Lage, klar zu denken … und seine Gedanken kreisten selbstverständlich einzig und allein um Hanna.

Hätten wir etwas anderes tun können?

Hätten wir eine andere Entscheidung treffen können?

Wenn sie nämlich die Insel verließ, um ihren Träumen zu folgen, was gab es dann für eine Zukunft für sie beide? Insbesondere, da er sie so gern hatte, dass er niemals der Kerl hätte sein wollen, der sie einschränkte und auf der Insel zurückhielt, obwohl sie das tun sollte, was sie liebte.

Dies erinnerte ihn daran, dass während er draußen auf dem Wasser mit einem Boot herumspielte, im Büro eine ganze Menge Papierkram auf ihn wartete.

„Kapitän kann jeder sein", hatte sein Vater ihm oft gesagt, *„Aber es gibt nur einen Boss. Die Pflicht steht an erster Stelle, Joel."*

Pflicht.

Joels Seufzer war beinahe in dem Moment zu hören, als das Muschelboot andockte. Alles in seinem Leben hatte sich um Pflichterfüllung gedreht. Um Pflichten und darum, Dinge zu durchschauen.

Aber war da nicht noch etwas Anderes?

Eine sehr, sehr wichtige Sache.

Der Kapitän des Muschelboots schüttelte Joel die Hand, während dieser auf die Anlegestelle hinunter sprang. „Freut mich, dass Sie heute mit uns mitgefahren sind, Mister Peterson."

„Nennen Sie mich Joel. Einfach nur Joel, nicht Mister Peterson."

„Gut, Joel, wenn Sie mal wieder mit uns mitkommen möchten, würde es mich freuen." Der grauhaarige Mann warf ihm einen unerwartet mitfühlenden Blick zu.

Und egal, worüber Sie nachgedacht haben. Ich hoffe, dass Ihnen die See geholfen hat, eine Antwort zu finden."

KAPITEL 14

Nachdem Ava gegangen war, fixierte Hanna noch lange Zeit die Postkarten. Sie waren ein weiterer Beweis dafür, dass Poppy ihre Familie hinter sich gelassen hatte.

Mit einem Mal schob Hanna die Postkarten und Kuverts von sich weg. Alles, was sie mit dieser Dokumentation berührt hatte, ging ihr zu nahe, war zu persönlich. Wenn das Ausgraben der Vergangenheit Joel schon nicht verletzte, dann verärgerte es entweder ihre Schwestern oder ließ Grandma ihre Versprechen brechen.

„Zeigen Sie mir Ihr Herz … das unterscheidet einen echten Dokumentarfilmer von allen anderen."

Das hatte sich nicht einfach angehört und sie hatte sich auch davor gehütet anzunehmen, dass es einfach sein würde. War sie gleichzeitig aber nicht auch davon ausgegangen, dass ihr alles gelingen würde, wie es ihr immer schon gelungen war? Sie war in das Büro der Reederei Peterson geplatzt, weil sie Zugang zu den Archiven haben musste, um eine Dokumentation zu machen, die ihr den Einstieg in den Masterstudiengang sichern würde. Sie hatte Joel dazu gebracht, ihr die

Gedichte seiner Großtante und die Polizeiberichte zu zeigen. Sie musste Poppys Spur verfolgen, ganz gleich, wen sie damit verletzte. Und sie hatte ihn auf eine Fähre nach Seattle geschleppt, weil sie ihm beweisen musste, dass in Bezug auf die Ereignisse des Jahres 1951 alle falsch lagen.

Wenn sie an ihe Kindheit zurückdachte, konnte sich Hanna an keine Zeit erinnern, in der sie nicht bekommen hatte, was sie wollte. Mit vier großen Schwestern – und ganz abgesehen vom berühmten Familiennamen Walker im Rücken – lief für sie immer alles wie am Schnürchen. Wenn sie als Kind hinfiel, war Grandma immer gleich zur Stelle, um sie aufzuheben. Emily hatte ihr bei den Hausaufgaben geholfen und schaffte es, dass es ihr sogar Spaß zu machen schien. Rachel hatte sie auf Partys mitgenommen und beklagte sich nie über die Anwesenheit ihrer kleinen Schwester. Paige hatte ihr bei ihrer Collegebewerbung geholfen, sodass sie den ersehnten Platz an der Filmschule bekam. Selbst Morgan, die genug mit ihren eignen Träumen zu tun hatte, hatte ihr beim Aussuchen der Klamotten für den Highschool-Abschlußball geholfen und ihr Tipps in Sachen Jungs gegeben. Ehrlich gesagt konnte Hanna sich an so gut wie keinen Moment ihres Lebens erinnern, in dem ihre Schwestern ihr das Leben nicht erleichtert hätten.

Selbst der Tod ihrer Mutter aufgrund der schrecklichen Grippeepedemie, welche die Insel zwei Jahrzehnte zuvor erschüttert hatte, war für sie nicht so schwerwiegend wie für alle anderen gewesen, weil Hanna damals noch so jung war, dass ihre Schwestern alles unternahmen, um das Schlimmste von ihr fernzuhalten. Emily, Rachel, Paige und Morgan hatten ihre eigene Trauer hintangestellt, um Hanna die Situation ein klein wenig zu erleichtern.

Doch wann hatte Hanna das letzte Mal etwas wirklich Schwieriges getan? Und was war es wert, dass sie hinter ihren Schutzmauern der Zuneigung hervortraten? War es denn all den Schmerz wert, den sie nun verspürte?

Sie kannte die Antwort bereits, nicht wahr?

Joel war es wert, dass man alles für ihn riskierte.

Hanna holte ihre Kamera heraus und positionierte sie so, dass sie auf dem Bett sitzend aufgenommen werden würde. Ihr war bewusst, dass sie entsetzlich aussah, mit verquollenen Augen und zersaustem Haar, aber das war ihr egal. Ihm die Wahrheit zu sagen, war jetzt alles, was zählte. Es ging nicht darum, hübsch oder attraktiv auszusehen.

Sie hatte nichts vorbereitet und auch kein Manuskript, von dem sie ablesen hätte können, als sie den Aufnahmeknopf drückte. Sie konnte nur ihr Herz sprechen lassen.

„Joel, ich weiß, dass du dir dieses Video vermutlich nicht allzu lange ansehen willst. Dennoch hoffe ich, dass du lange genug zusiehst, damit ich dir die Wahrheit erzählen kann. Die Wahrheit darüber, was geschehen ist … und auch die Wahrheit in über meine Gefühle."

Hanna schluckte. Es war schwieriger als sie gedacht hatte, dennoch wusste sie, dass sie weitermachen musste.

„Lass mich mit der Wahrheit über Poppy beginnen. Es hat sich herausgestellt, dass sie die Insel mit Hilfe meiner Großmutter und auch Williams II. verlassen hat. Es war nicht nur so, dass deine Großtante und mein Großvater überhaupt nicht heiraten wollten, sondern Poppy wollte ihre Träume verfolgen und Gedichte schreiben. Sie dachte, dass sie, um sich zu verwirklichen, die Insel und ihre Familie verlassen musste. Nach Aussage meiner Großmutter hatte Poppy jedoch immer vor zurückzukehren, sobald sie Erfolg gehabt hätte. Offenbar hat sie das nie getan. Ich habe bemerkt, wie sehr Poppys Verhalten dich verletzt hat, und es tut mir unendlich leid … aber ich weiß auch, dass es, hätte sie ihre Träume aufgegeben, ihr ganzes Wesen zerstört hätte."

Die Wahrheit über Poppy war aber der einfache Teil.

„Nun komme ich zur Wahrheit über mich." Es hätte eigentlich der unkompliziertere Teil sein sollen – lediglich ein paar einfache Worte – und doch war es alles andere als mühelos. „Ich liebe dich, Joel." Ihre Stimme zitterte jetzt. Sie wusste aber, dass sie das durchstehen musste. Sie wusste, dass sie ihm ihr ganzes Herz ausschütten musste. „Und ich denke, dass auch du mich liebst. Zumindest hoffe ich, dass es so ist."

Sie legte erneut eine kurze Pause ein und versuchte darüber nachzudenken, wie sie den nächsten Teil formulieren sollte, aber sie hatte nicht wirklich eine

Wahl. Sie musste weiter bei der Wahrheit bleiben, selbst wenn sie Joel dadurch verlieren würde.

„Und du hattest recht damit, dass ich vorhabe, zurück zur Uni in Seattle zu gehen … aber das bedeutet nicht, dass ich jemals vorhatte, dich zu verlassen. Als Poppy in meinem Alter war und ihren Träumen nachgehen wollte, waren die Zeiten anders. Sie war der Meinung, dass sie ihre Familie und Freunde verlassen musste, um der Mensch zu werden, der sie sein wollte. Ich weiß aber einen besseren Weg. Ich weiß, dass meine Träume um so viel reicher werden, wenn die Menschen, die ich liebe, ein Teil von ihnen sind. Und …", fügte sie mit einem knappen Lächeln hinzu, „wenn irgendwer in der Lage ist, mich in Seattle zu besuchen und mich abzuholen, um mich zurück auf die Insel zu bringen, dann ist es ein Mann, der seine eigene Schiffsflotte besitzt und zufällig auch für sein Leben gerne segelt."

Hanna schaltete die Kamera ab und sandte dann eine E-Mail an Joel, ohne vorher irgendein Wort herauszuschneiden.

Es wäre an dieser Stelle das einfachste gewesen, sich zurückzulehnen und auf eine Antwort von Joel zu warten, oder vielleicht einfach ein wenig auszuruhen, bevor sie weitermachte. Da sie es aber war, die die Geschichte seiner Großmutter ausgegraben hatte, wusste Hanna, dass sie nicht hätte weiterleben können, wenn sie das Rätsel nicht vollständig löste.

So nahm sie erneut die Postkarten und Kuverts zur Hand und musterte sie. Als sie sah, dass sie zwei Jahre lang aus allen Teilen des Landes gekommen waren, fiel ihr auch auf, dass vier Postkarten dieselbe Ansicht zeigten und die Poststempel aus Oregon waren. Auf den Karten war der Blick über eine Stadt an der Küste auf einen sehr markanten Bergrücken zu sehen.

Sie scannte die Aufnahme, übertrug sie auf ihren Computer und startete eine Bildsuche. Langsam begutachtete sie die Ergebnisse. Als sie dann über eine Webseite stolperte, die alten Fotografien aus der Region gewidmet war, fand sie schließlich, wonach sie gesucht hatte.

Alle vier Ansichten stammten aus derselben Küstenstadt: Woodburn, Oregon.

Hatte Poppy Zeit dort verbracht? Hatte sie dort gelebt? Oder war sie nur auf der Durchreise dort gewesen? Es sah in der Tat danach aus, als wäre sie nicht lange dort gewesen, denn mit einem Mal hatte sie dort keine Postkarten mehr aufgegeben. Vielleicht war aber auch das Gegenteil der Fall. Möglicherweise hatte sie sich so gut eingewöhnt, dass sie keine Erinnerungen an Walker Island mehr brauchte.

Hanna verdrängte den Gedanken, dass sie eventuell erneut in einer Sackgasse gelandet war, und begann mit einigen Recherchen über die Stadt. Sie suchte nach irgendwelchen Hinweisen, die sie möglicherweise zu Poppy führen konnten. Sie begann schon verschwommen zu sehen, als Hanna endlich etwas ins Auge fiel.

Es sah so aus, als wäre die Kleinstadt in Oregon bekannt für ihr alljährliches Poesiefestival gewesen.

KAPITEL 15

Hanna wachte am nächsten Morgen mit dem Klang von Emilys erhobener Stimme auf: „Nein, sie kann nicht nach unten kommen. Und warum glaubst du überhaupt, dass sie dich wiedersehen will, nach dem, was du ihr gestern angetan hast?"

Joel? War er gekommen, um sie zu sehen? Doch als Hanna gerade ihren Morgenmantel überwarf, hatte Emily die Haustüre bereits wieder geschlossen.

„Emily, warte!", rief Hanna und stürzte die Treppe hinunter, um sie aufzuhalten. Tatsächlich stand Joel immer noch vor der Tür. „Joel, ich bin so froh, dass du das Video bekommen hast, das ich dir gemailt hatte!"

„Du hast mir ein Video geschickt?"

Emily sah auch etwas überrascht aus und war auch ganz schön verärgert. Hanna legte ihre Hand auf den Arm ihrer Schwester. „Danke, dass du mich in Schutz nimmst, aber ich muss mit Joel sprechen. Und zwar alleine."

Emily sah sie einen ausgedehnten Moment lang an, bevor sie schließlich nickte. Trotzdem sagte sie: „Schrei einfach, wenn du jemand von uns brauchst, um ihn für dich hinauszuwerfen."

„Nein. Das würde ich nicht wollen." Schlußendlich begab sich Emily zurück in die Küche und ließ Hanna und Joel gemeinsam an der Eingangstür stehen.

„Hast du das Video wirklich nicht bekommen?", fragte Hanna.

Joel schüttelte den Kopf. Und als sie ihn dann etwas aufmerksamer ansah, bemerkte sie, dass er nicht wirklich wie jemand aussah, der zurückgekommen war, um ihr seine unvergängliche Liebe zu ihr zu gestehen. Genau genommen sah er immer noch ziemlich verstimmt aus, beinahe so wie er es in Seattle gewesen war.

Allein der Gedanke an ihr Gespräch auf der Veranda der Frühstückspension reichte aus, um Hannas Herz einen Stich zu verpassen, aber sie zwang sich den Schmerz vor ihm zu verbergen, als sie fragte: „Warum bist du also gekommen?"

„Wir haben deine Dokumentation zusammen begonnen und ich bin der Meinung, dass wir sie auch zusammen fertigstellen sollten."

Es war keine Liebeserklärung, nicht einmal annähernd. Doch die Tatsache, dass er hier vor ihrer Tür stand und die Arbeit mit ihr fortsetzen wollte, um das Geheimnis um das wahre Schicksal seiner Großtante zu enträtseln, fühlte sich bedeutend an.

„Eigentlich war das auch etwas, was ich dir in dem Video mitteilen wollte, dass ich dir gemailt habe. Komm herein, Joel. Bitte."

Für einen Moment dachte sie, dass Joel ihrer

Aufforderung nicht folgen würde. Als er jedoch eintrat und gleich darauf sagte: „Ich glaube, das ist das erste Mal in über sechs Jahrzehnten, dass ein Peterson das Haus eines Walkers betritt", hätte sie vor Freude in die Luft springen wollen.

Es konnte nicht alles völlig verloren sein, wenn er sie mit ihrem Insiderwitz auf den Arm nahm, oder doch?

„Ich habe weitere Neuigkeiten über Poppy herausgefunden", sagte Hanna, nachdem sie die Eingangstür hinter sich geschlossen hatte. „Meine Großmutter hat mir erzählt, was geschehen war."

Joel starrte sie mit einem knappen Blinzeln an. „Raus damit."

„Grandma sagt, dass Poppy ihr direkt ins Gesicht gesagt hätte, dass sie William II. nie geliebt hat. Mehr als alles andere auf der Welt wollte sie eine Dichterin sein. Sie befürchtete aber, dass sie niemals Gelegenheit dazu haben würde, wenn sie auf der Insel geblieben wäre und das Leben gelebt hätte, das ihre Familie für sie vorgesehen hatte. Grandma hat auch gesagt, dass Poppy immer vorhatte, nach Hause zurückzukehren, sobald sie sich einen Namen als Dichterin gemacht hatte." Ein Muskel spannte sich in Joels Kiefer an, als könnte er diesen Teil der Geschichte einfach nicht glauben, während Hanna ihn mit aller Kraft davon überzeugen wollte, dass es stimmte. Sie hoffte, dass sie schon bald etwas herausfinden würden, das Joel als Beweis dienen konnte, welcher ihm ein Leugnen unmöglich machte. „Ich habe langsam das Gefühl, als wären Grandma und

Poppy ziemlich gute Freundinnen geworden, während sie sich kennenlernten. Zumindest hat Poppy ihr zwei Jahre lang Postkarten geschickt."

„Was hatte deine Großmutter für einen Grund, meiner Familie nichts davon zu sagen, dass es Poppy gut ging?"

„Sie hatte es Poppy versprochen, Joel, und geschworen, dass sie das Versprechen nicht brechen würde. Wenn Grandma ein Versprechen gibt, dann hält sie es auch."

„Und weshalb hat sie es letztlich dann doch gebrochen?"

Hanna weigerte sich, ihren Blick von seinen wunderschönen Augen abzuwenden. „Uns zuliebe."

Und im Namen der Liebe.

Sie erkannte jedoch, dass er noch nicht bereit war, über ihre Beziehung zu sprechen – beziehungsweise darüber, wie alles Schöne so schnell gekippt war. Deshalb lenkte sie ihr Gespräch wieder zurück auf seine Großtante. „Anhand der Schachtel voller Postkarten, die Grandma aufbewahrt hat, weiß ich jetzt, wohin Poppy gegangen ist, nachdem sie Seattle verlassen hat. Es war eine Kleinstadt, in der Nähe von Portland in Oregon: Woodburn."

„Bis du sicher?"

„Das bin ich. Vor allem seit ich weiß, dass die Stadt für ihr Poesiefestival bekannt ist."

„Worauf warten wir dann noch?"

Sie starrte ihn verwundert an. „Du willst dorthin?

Jetzt? Mit mir?"

„Wie ich bereits gesagt habe, wir haben das hier zusammen begonnen und ich glaube, wir sollten es auch zusammen beenden."

Sie hasste die Art, wie er über das Ende sprach, aber wenigstens würde ihr die gemeinsame Fahrt nach Oregon einen weiteren Tag mit ihm schenken. Und vielleicht, so hoffte sie, hätte er damit ausreichend Zeit um zu erkennen, dass er sie ebenso gern mochte wie sie ihn, und dass sie zusammen einen Weg finden konnten, damit das mit ihnen klappte.

Auch wenn er ein Peterson war, der auf der Insel lebte … und sie eine Walker, die an der Universität in Seattle studierte.

* * *

Fünfzehn Minuten später, als sie an Bord der Fähre gingen, nahm Hanna ihr Handy heraus, um die Vorsitzende von Woodburns lokaler Lyrikgesellschaft zu kontaktieren. Ihren Namen und ihre Telefonnummer hatte sie am Vorabend bei ihren Recherchen auf der Homepage der Gesellschaft im Internet gefunden.

„Hallo, spreche ich mit Mrs. Stevens? Mein Name ist Hanna Walker. Ich habe gehört, dass Sie die Vorsitzende der Lyrikgesellschaft sind?"

„Falls Sie möchten, dass Ihre Gedichte in unseren Newsletter aufgenommen werden, muss ich Ihnen leider mitteilen, dass der Abgabetermin schon vorbei ist."

„Nein, das ist nicht der Grund meines Anrufs",

versicherte Hanna ihr rasch. „Ich suche eigentlich nach Informationen über eine Dichterin, die vor geraumer Zeit auf Ihrem Festival war, vermutlich so in den frühen 1950er-Jahren."

„In den 1950ern?" Mrs. Stevens war eindeutig verblüfft angesichts Hannas Anfrage. „Warum um Himmels willen suchen Sie nach einer Dichterin, die vor über sechs Jahrzehnten auf der Durchreise bei uns war?"

Hanna versuchte, die Sache mit ihrer Doku so einfach sie konnte zu erklären. Und obwohl sie die meisten kleineren Details darüber, was vor so langer Zeit auf Walker Island vorgefallen war, außer Acht ließ, redete sie doch eine ganze Weile. Schlußendlich beendete sie ihre Ausführungen mit den Worten: „Poppys Großneffe und ich müssen beide herausfinden, was mit ihr passiert ist. Ich weiß, dass es ziemlich aussichtslos ist, aber wir müssen es zumindest versuchen."

„Meine Familie bedeutet mir auch sehr viel", sagte Mrs. Stevens nach einer Pause, die lang genug war, damit Hanna sich beinahe schon fragte, ob sie während ihrer langen Erklärungen aufgelegt hatte, „und wenn jemand aus meiner Familie irgendwann verschwunden wäre, würde ich ihn auch wiederfinden wollen. Ich gebe Ihnen meine Adresse und Sie können vorbeikommen, wann immer Sie möchten."

„Wie wär's mit heute? Sagen wir in drei Stunden?"

„Drei Stunden? Heißt das etwa, dass Sie schon unterwegs sind?"

„Das sind wir."

Hanna war klar, dass es vermutlich etwas verrückt schien, die ganze Fahrt nach Portland und darüberhinaus auf sich zu nehmen, um aufs Geratewohl vielleicht einen weiteren minimalen Hinweis auf Poppys Verbleib zu bekommen. Aber sie mussten es einfach tun. Nicht allein wegen der Dokumentation, sondern auch weil Joel und sie das Ganze durchziehen mussten, unabhängig davon, wohin es sie führen würde.

Joel hatte sich während ihres gesamten Telefonats ruhig verhalten. Als sie jetzt von der Fähre und durch die Innenstadt von Seattle vorbei an der Straße mit dem Bed & Breakfast fuhren, das so viele Erinnerungen sowohl in Bezug auf sie beide als auch auf seine Großtante wachrief, spürte Hanna, wie er sich neben ihr verkrampfte. Nachdem sie die Stadt hinter sich gelassen hatten und auf dem Highway in Richtung Süden nach Oregon unterwegs waren, begann er, sich langsam zu entspannen und lächelte sogar ein wenig. Als sie auf den Interstate 5 gefahren waren, zeigte sich sogar die Sonne. Während der dreistündigen Fahrt sprachen sie über nichts Bedeutendes. Da Hanna jedoch bewusst war, dass sie schon bald mit schwerwiegenderen Enthüllung konfrontiert werden würden, war sie einfach dankbar für die Möglichkeit, wieder Zeit mit Joel verbringen zu können.

* * *

Mrs. Stevens, die sich rasch nochmals als Justine vorstellte, war eine sympathische Mittvierzigerin. Ihr

Zuhause war so voll mit Büchern, dass es auf den ersten Blick den Anschein machte, als würden die Bücherstapel die Wände stützen. Damit sie sich hinsetzen konnten, mussten zumindest ein paar Bücherhaufen beiseite geschafft werden. Das war auch nötig, um Hannas Kamera aufzustellen und Justine sagte, dass es ihr überhaupt nichts ausmachte.

„Sie suchen also nach jemandem namens Poppy Peterson, die vielleicht in den Fünfzigern bei uns zu Gast war?" Als Hanna nickte, gab die andere Frau einen Seufzer von sich. „Sie sind sich im Klaren darüber, dass die Chancen, einen Person ausfindig zu machen, die irgendwann auf einem Poesiefestival war, nicht besonders hoch sind, selbst wenn das Festival vor einem oder zwei Jahren stattgefunden hätte? Aber sechzig Jahre … Ich befürchte immer noch, dass Sie Ihre Zeit vielleicht vergeuden, falls wir nichts finden."

Da Hanna aber den Tag mit Joel verbracht hatte, wäre die Fahrt ganz gleich, ob sie etwas über Poppy herausfanden oder nicht, ohnehin nicht umsonst gewesen.

„Im Bed & Breakfast in Seattle hatte sie einen anderen Namen angegeben, damit niemand aus ihrer Familie sie aufspüren und zurück nach Hause bringen hätte können", sagte Joel. „Sie nannte sich Penny P." Er griff in seine Tasche und legte Poppys letztes Gedicht auf den Couchtisch zwischen ihnen. „Das wird hoffentlich weiterhelfen. Es ist das Gedicht, das meine Großtante zurückgelassen hat, als sie verschwand."

Hanna legte das Foto von Poppy und Ava neben den Zettel. „Das hier rechts ist sie. Die andere Frau ist meine Großmutter."

Justine blickte mehrmals zwischen dem Foto und dem Gedicht hin und her und schlagartig war es, als hätte jemand eine Glühbirne in ihr eingeschaltet. Sie stand unverzüglich auf und steuerte auf die Stapel von Büchern zu, die sie derart eilig durchsuchte, dass Hanna sich kurz fragte, ob sie vielleicht in einer Art Literaturlawine in sich zusammenstürzen würden.

„Den Namen habe ich natürlich nicht erkannt, aber wie Sie bereits vermuteten, hat sie nicht unter dem Namen Poppy Peterson veröffentlicht. Auch nicht als Penny. Damals in den Fünfzigerjahren kannten sie alle als Pansy Pendleton. Sie zählte zwar nicht zu den bekanntesten Vertreterinnen der Beat Generation", sagte Justine als sie ihnen ein dünnes, in Leder gebundenes Buch übergab, „aber sie hat ziemlich lange unten in San Francisco gelebt. Es gibt ein paar Leute, und ich bin eine davon, die der Meinung sind, dass sie Ginsberg mitbeeinflusst hat."

„Poppy war berühmt?", fragte Hanna.

„Sie war eindeutig auf dem Weg dorthin", sagte Justine mit einem Nicken. „Die anderen Dichter der damaligen Zeit erkannten, wer sie war, und bewunderten sie. Ich glaube, dass sie auf der Fahrt von San Francisco herauf zu unserem Festival in verschiedenen Kleinstädten Halt gemacht hat, um sich mit anderen Dichtern zu treffen. Offensichtlich hatte sie vor, ungefähr eine

Woche hier zu bleiben, das heißt für das ganze Festival, und wollte dann weiter nordwärts fahren. Aber …” Justines begeisterter Gesichtsausdruck löste sich auf. „Eines Tages war sie draußen im Meer schwimmen und am Tag darauf lag sie mit Lungenentzündung im Bett. Ein paar Tage danach … tut mir leid. Ich kann mir vorstellen, wie schwer das jetzt für Sie sein muss.”

„Immer noch besser als es nicht zu wissen”, sagte Joel.

„Nun gut”, sagte Justine schonend, „Ihre Großtante ist gestorben und es war ein unglaublich tragischer Verlust. Wer weiß, was sie alles erreicht hätte, wenn das nicht passiert wäre?”

Sie wäre vielleicht nach Hause zurückgekehrt, dachte Hanna. Sie konnte es zwar nicht beweisen, aber etwas in ihrem Herzen sagte ihr, dass sie richtig lag. Poppy hatte die Insel für eine gewisse Zeit verlassen, um ihre Träume zu verfolgen, genauso wie Hanna es für die Filmakademie getan hatte. Sie hatte jedoch niemals vor, für immer wegzubleiben.

Hanna griff in ihre Tasche, um die Umschläge und Postkarten hervorzuholen, die ihr ihre Großmutter gegeben hatte. Sie hatte sie bereits nach Datum geordnet. Nun begann sie aber, sie zu arrangieren. Gleichzeitig nahm sie ihr Handy und rief online eine Landkarte auf, um die Poststempel zuordnen zu können.

„Was machst du da?”, fragte Joel.

„Ich zeichne ihre Reiseroute nach”, erläuterte Hanna.

Da sie nun wusste, was geschehen war, war es relativ einfach. Die ersten Postkarten zeichneten eine Linie entlang der Küste Richtung San Francisco. Einige waren weiter östlich abgeschickt worden und verwiesen vermutlich auf Abenteuerfahrten oder Ausflüge außerhalb der Stadt. Die letzten Karten jedoch wiesen eine ganz klare Reihenfolge auf: Sacramento, Redding, Roseburg … immer weiter in Richtung Norden.

„Sie war auf dem Weg zurück, Joel." In jenem Augenblick, in dem ihr eindeutig klar wurde, dass Poppy ihre Familie keineswegs hinter sich hatte lassen wollen, hämmerte es in ihrer Brust. „Sie war dabei, nach Walker Island zurückzukommen."

Joel starrte lange Zeit auf die Landkarte, die Hanna mit den Postkarten nachgezeichnet hatte, bevor er schließlich nickte. „Ja, das war sie", stimmte er ihr zu. „Sie war auf dem Weg nach Hause."

Er schloß seine Augen und rieb sie sich mit einer Hand, da er offensichtlich erschöpft war. In Seattle war er total überzeugt gewesen, dass Poppy alle zusammen verlassen hatte. Selbst nachdem Grandma Hanna erzählt hatte, dass sie losgezogen war, um ihren Traum zu verwirklichen, mutete die Art, wie Poppy ohne einen Blick zurück verschwunden war, immer noch selbstsüchtig an.

Doch sie *hatte* einen Blick zurück geworfen. Sie hatte sogar versucht zurückzukehren. Zumindest bis sie ein Unglück rein zufällig um ihre letzte Heimkehr brachte.

Es blieb also nur mehr eine Frage. Doch Joel kam Hanna zuvor.

„Wo ist sie begraben?"

KAPITEL 16

Als Hanna erstmals sein Büro betreten hatte, hätte Joel niemals daran gedacht, dass er dadurch einmal am Grab seiner Großtante in Woodburn im Bundesstaat Oregon stehen würde. Er war sich so sicher gewesen, dass sie mit voller Absicht draußen auf dem Meer gestorben war, und dass Hanna jedermanns Zeit vergeudete. Nachdem sie jedoch in Seattle gewesen waren, fragte sich ein kleiner Teil in ihm, ob sie vielleicht doch noch irgendwo lebte und der Familie, die sie viele Jahre zuvor verlassen hatte, immer noch aus dem Weg ging. Vielleicht hatte sie ja schon eine andere Familie, eine neue, die nichts von ihrer Familie auf Walker Island wusste, die sie einst verlassen hatte.

Jetzt aber hatte er sie endlich gefunden. Und das hatte er allein Hanna zu verdanken.

Jedoch erzeugte es ein befremdliches Gefühl in ihm, auf dem Grabstein den Namen Pansy Pendleton anstatt Poppy Peterson zu lesen. Ihr Leben war so kurz gewesen und trotzdem schien es, als hätte sie jenen Abschnitt, in dem sie tatsächlich ihre Träume lebte, als jemand anders erlebt. Nur um schlagartig, kurz bevor sie endlich ihre

Ziele erreicht hatte, von einer todbringenden Krankheit getroffen zu werden.

Er fragte sich, ob er sie nach Hause bringen konnte? Und selbst wenn er einen Weg dazu finden würde, sollte er sie zurück nach Walker Island bringen und ihre Reise an ihrer Stelle beenden? Wäre das der angemessene Schluss für das Ganze? Sie hatte versucht, zu ihrer Familie zurückzukehren, obwohl zu jenem Zeitpunkt nicht mehr viel von ihrer Familie dort übrig war. Sie zurückzubringen hätte zwar ihre letzte Reise vervollständigt, wäre es aber auch der richtige Schritt gewesen?

„Alles in Ordnung mit dir?"

Hanna legte eine Hand auf die seine und Joel wurde klar, dass sie ausnahmsweise einmal nicht ihre Kamera benutzte. Anstatt durch die Kameralinse auf die Welt zu blicken, konzentrierte sich jeder Zentimeter von ihr auf ihn.

„Warum filmst du nicht? Willst du nicht deine Dokumentation fertig bekommen?"

„Das hier ist zu persönlich."

„Aber wenn du diesen Teil weglässt, wie sollen denn die Leute da draußen dann wissen, wer Pansy Pendleton tatsächlich war? Sie haben ein Recht auf die Wahrheit und Poppy … na ja, ich gehe mal davon aus, dass sie es auch wollen würde."

„Bist du dir sicher?"

Er sah in Hannas Augen und die Wärme – und Liebe –, die er in der klar-blauen Tiefe wahrnahm, erleichterte es ihm zu sagen: „Ich bin mir sicher.

Vollkommen sicher."

Als sie mit dem Aufstellen ihrer Kamera begann, war Joel bereits klar, dass nach dem Schnitt der Dokumentation etwas wirklich Eindrucksvolles herauskommen würde. Nie zuvor hatte er jemanden getroffen, der sich seiner Kunst mit so viel Leidenschaft widmete und so fundiert und natürlich an die Sache heranging. Es bestand nicht der geringste Zweifel, dass Hanna einen Platz im Masterprogramm bekommen, die Insel verlassen und zurück nach Seattle gehen würde.

Doch jetzt war dieser Gedanke nicht mehr von jenem tiefen Gefühl von Verrat und Schrecken begleitet, wie es damals im Bed & Breakfast der Fall gewesen war. Immerhin hatte Poppy zwar alles hinter sich gelassen, doch Hanna hatte ihm mit ihren Postkarten bewiesen, dass sie dabei war zurückzukehren.

Wollte er Hanna etwa von sich stoßen, nur weil er Angst hatte, dass sie die Insel vielleicht verlassen und nie wieder zurückkehren würde? Vor allem nachdem er nach nur einer Nacht ohne sie festgestellt hatte, wie leer sein Leben sich ohne sie anfühlte.

„Hanna", sagte er. „Wegen Seattle …"

Ihre Videokamera war bereits auf ihn gerichtet, als sie ihm sagte: „Wir müssen jetzt nicht darüber reden, Joel."

„Doch, das müssen wir. Ich hätte nicht tun sollen, was ich getan habe, hätte nicht sagen sollen, was ich gesagt habe. Ich war so gefangen von dem, was in der Vergangenheit geschehen ist, dass ich überhaupt nicht sehen konnte, was sich direkt vor meinen Augen abspielte."

Hanna neigte sich ein wenig von ihrer Kamera weg und ihre Augen weiteten sich vor Verwunderung. „Und ich war so gefangen von meiner Geschichte, dass ich überhaupt nicht daran denken konnte, wie sehr sie dich vielleicht verletzen würde. Es tut mir leid, Joel. Du bist die allerletzte Person, die ich je verletzen wollte."

„Ich weiß, dass du mir nie wehtun wolltest, Hanna. Und das hast du auch nicht."

Da wäre noch so viel gewesen, was er sagen wollte, so vieles, was er noch hätte sagen müssen, doch als er seinen Mund öffnete, wurde ihm bewusst, dass er nichts sagen konnte, was die Ereignisse der Vergangenheit richtiggestellt hätte. Nichts, was das alles ungeschehen gemacht hätte.

„Alles in Ordnung, Joel", sagte Hanna nochmals, „wir müssen das jetzt nicht diskutieren. Wenn du willst, dass ich aufhöre zu filmen, dann werde ich das tun."

„Nein, hör nicht damit auf", bat er sie. Weil es nicht in Ordnung war. Und weil es sechzig Jahre über nicht in Ordnung gewesen war. „Ich habe Poppy nie getroffen, aber sie hat mich und meine Familie stets wie ein Geist verfolgt. Eines der ersten Dinge, woran ich mich erinnern kann, als ich ein Kind war, war, dass meine Eltern mit die Geschichte darüber erzählt haben, wie William Walker II. Poppy so sehr verletzt hat, dass sie sich umgebracht hat, und dass ich mich um jeden Preis von eurer Familie fernhalten sollte. Während all der Jahre an der Schule habe ich kaum je ein Wort mit einer

Walker gewechselt. Und das wegen einer Sache, die schon Jahrzehnte zurücklag."

Es betraf aber nicht nur die Schule. Und es waren auch nicht allein er und Hanna und ihre Schwestern, die von der Geschichte betroffen waren. Unzählige Menschen auf der Insel waren dazu gedrängt worden, Partei für die eine oder für die andere Seite zu ergreifen. So etwa mussten sich die Leute, die auf den Peterson-Booten arbeiteten vorsehen, dass sie ja nicht zu freundlich mit der ‚anderen' Inselfamilie waren. Und dann hatte er selbst natürlich auch Hanna immer wieder von sich gestoßen, weil er dachte, dass er seiner Familie gegenüber loyal bleiben musste.

„Es tut mir leid wegen all der Jahre, in denen ich dich und deine Schwestern nicht beachtet habe. Das alles begann mit einer Hochzeit, die niemals stattgefunden hat. Von den damals beteiligten Personen ist nur noch eine am Leben. Und ich habe so viel Zeit damit zugebracht, Ava die Schuld an allem zu geben, obwohl ich das nicht hätte tun sollen. Sie hatte sich einfach nur in deinen Großvater verliebt und als Poppys gute Freundin deren Geheimnisse bewahrt. Ich muss mich auch bei ihr entschuldigen."

„Etwas in mir sagt mir, dass Grandma keine Entschuldigung von dir braucht. Sie weiß, dass niemand – und vor allem nicht du – Schuld an den Vorfällen hat", sagte Hanna. „Ich glaube ehrlich gesagt, dass es reicht, wenn die Leute jetzt die Wahrheit kennen."

Joel hätte nie gedacht, dass er am Grab einer ihm unbekannten Frau so starke Gefühle haben würde, aber die *Vorstellung* von Poppy hatte ihn sein ganzes Leben lang begleitet. Und nun stellte sich heraus, dass die Vorstellung von ihr komplett falsch gewesen war.

Hanna musste kommen und ihm die Realität hinter all den Geschichten, die man ihm erzählt hatte, zeigen. Sie hatte eine ungeheure Begabung dafür, die Wahrheit herauszufinden. Und dafür, diese den Menschen aufzuzeigen. Sie war fähig, ungewohnt und völlig neuartig auf die Welt zu blicken. Und da sie es mit Hilfe ihrer Videokamera tat, betrachteten auch alle anderen die Dinge auf einmal anders.

„Als du hiermit begonnen hast, Hanna, war ich überzeugt, dass du nicht die ganze Geschichte erzählen würdest. Ich dachte, dass deine Version der Ereignisse so weit entfernt von dem, was wir als die Wahrheit bezeichneten, sein würde, dass sie überhaupt nicht wiederzuerkennen wäre. Genau genommen hast du das auch getan. Aber nicht aus den von mir ursprünglich angenommenen Gründen. Nicht weil du eine Walker bist und willst, dass deine Familie besser wegkommt, sondern weil es die Wahrheit ist, die letztendlich erzählt werden musste. Deine Großeltern haben Jahrzehnte voller Unannehmlichkeiten und bösartigem Klatsch durchgestanden, nur um meiner Großtante aus der Klemme zu helfen. Ich weiß, dass es Leute auf der Insel geben wird, die nicht glauben wollen, was wir gemeinsam herausgefunden haben. Sie täten aber gut daran, denn zum ersten Mal …", Joel hielt inne und sah zurück zu Poppys Grabmal. „Zum ersten Mal habe ich das Gefühl, dass die Sache nun endgültig beigelegt wurde."

Er versuchte, sich Poppys Gesicht vorzustellen. Und jedes Mal, wenn er das tat, vermischte die Vorstellung sich und verschwamm mit jener, die er von Hanna im Kopf hatte.

Sie ähnelten sich in so vieler Hinsicht. Beide hatten eine so künstlerische Ader und brannten für das, was sie taten. Seine Großtante war bereit gewesen, auf alle Vorteile und all die Sicherheit zu verzichten, die sie dank ihres Familiennamens auf der Insel gehabt hätte, um ihren Traum zu verfolgen. Und sie hatte die Kraft gehabt sich fernzuhalten, bis sie ihr Ziel erreicht hatte. Es muss Poppy eine Menge Entschlossenheit und enorm viel Mut gekostet haben, die Insel zu verlassen und ihre Dichterlaufbahn einzuschlagen. Ebenso wie Hanna entschlossen und mutig sein musste, um trotz aller Hindernisse, die sich ihr in den Weg stellten, ihr Dokumentationsvorhaben über ihre beiden Familien umzusetzen.

Sie wusste jedoch auch, wann es genug war und hatte ihm angeboten, diese sehr persönliche – und gleichzeitig wichtigste – Passage nicht aufzunehmen, nur weil sie ihn nicht verletzen wollte.

„Woran denkst du?", fragte Hanna und stellte sich an seine Seite. Ihre Kamera stellte sie dabei ab.

„Ich habe daran gedacht, dass mich Poppy an dich

erinnert, dass es schwierig für sie gewesen sein muss, zu tun, was sie getan hat, und dass ihre beide so starke und unglaublich tolle Frauen seid, die den Mut haben, ungeachtet aller Widerstände ihre Träume zu verfolgen." Er griff nach ihrer Hand und ihre natürliche Wärme heizte alles in ihm auf, was so lange Zeit über kalt gewesen war.

„Bevor wir Justines Haus verlassen haben", sagte Hanna mit sanfter Stimme zu ihm, „sagte sie, dass sie immer noch Gäste hat, die das Grabmal besuchen. Pansy Pendleton war vielleicht nicht wirklich berühmt, hat aber zweifelsohne Menschen inspiriert."

Pansy Pendleton. Das war kein Name, an den Joel sich gewöhnen konnte, doch letzten Endes war es der Name, den Poppy für sich gewählt hatte. Und was noch wichtiger war, es war der Name jener Person, die sie sein *wollte*. Poppy waren durch die Erwartungen der Familie Peterson in gewisser Weise die Hände gebunden, aber Pansy konnte eine Dichterin sein.

Welches Recht hatte Joel nun tatsächlich, sie zurück auf die Insel zu bringen? Ihre Träume hatten sie an diesen Ort geführt. Hier an diesem Ort erinnerten sich die Menschen immer noch an jene Dinge, die sie in der Erinnerung an sie verkörpern wollte.

Schließlich tat er, was er den ganzen Morgen über bereits tun hatte wollen, und zog Hanna in seine Arme. „Was hast du ihm Video, das du mir gemailt hast, gesagt? Ich frage mich das schon den ganzen Tag über."

Hanna sah zu ihm hoch. Und dabei war sie so

entzückend, dass es ihm den Atem raubte. „Du weisst, was ich gesagt habe, Joel."

Und in Wahrheit wusste er es auch.

„Ich liebe dich auch." Er beugte sich nach vor, um sie zu küssen. Doch bevor er das tat, konnte er nicht umhin zu sagen: „Und das ist auf jeden Fall das erste Mal, dass ein Peterson das *je* zu einer Walker gesagt hat."

KAPITEL 17

In der Frühstückspension, in der sie in jener Nacht blieben, waren noch einige Zimmer frei. Diesmal brauchten sie aber nur eines. Obwohl sie sich gegenseitig ihre Liebe gestanden hatten, war Hanna klar, dass sie sich noch in Bezug auf vieles einigen mussten. Allerdings wusste Hanna nun ganz genau, dass sie einen Weg finden würden, um zusammenbleiben zu können. Was ihre Familie betraf, so hoffte sie, dass sie akzeptieren würden, dass Hanna und Joel sich liebten.

Am nächsten Morgen ließ Hanna Joel im Bett zurück, da er immr noch schlief. Nach allem, was er in den vergangenen Tagen erfahren hatte, wunderte es sie nicht, dass er erschöpft war. Sie nahm ihre Kamera und ihr Notebook mit nach unten zum Frühstück, um etwas Bildmaterial zu schneiden, während sie nochmals die mit den Aufnahmen verbundenen Gefühle Revue passieren ließ.

Auf den ersten Filmaufnahmen, die sie von Joel in seinem Büro zu Beginn der ganzen Geschichte gemacht hatte, sah er natürlich gut aus, doch was sie beeindruckte war die Tatsache, dass er sich seither irgendwie verändert hatte.

Letzte Nacht schien er mehr in sich zu ruhen. Hatten die Erkenntnisse hinsichtlich der Vergangenheit seiner Großtante dazu geführt?

Oder war es, weil er sich in sie verliebt hatte?

Sie fügte die Sequenzen, die sie gedreht hatte, systematisch zusammen. Die ganze Zeit über hatte sie jedoch das zwingende Gefühl, dass es nicht wirklich stimmig war.

Da sie wusste, dass sie oftmals Geistesblitze hatte, wenn sie sich kurz von ihren Computer entfernte, stand sie für ein paar Minuten auf, um wieder einen klaren Kopf zu bekommen. In der ganzen Pension waren die Wände voll mit gerahmten Fotos und Schriftstücken. Die meisten davon hatten mit dem Poesiefestival zu tun.

Nach ein paar Minuten blieb Hanna geschockt vor einem der Gedichte stehen. Sie musste es zwei Mal lesen, bevor sie sich ihre Sachen schnappte und die Treppe zurück nach oben zu Joel rannte.

Er war gerade dabei, ihr gemeinsames Zimmer zu verlassen, als sie dort ankam und seine Hand nahm. „Unten gibt es etwas, das du dir unbedingt ansehen musst. Vertrau mir, Joel, es ist unglaublich."

„Natürlich vertraue ich dir."

Sie hatte es mehr als nur eilig gehabt, ihn die Treppe nach unten zu befördern, doch nun musste sie einfach stehenbleiben und ihm einen Kuss auf seinen schönen Mund geben. Dass er ihr vertraute, bedeutete ihr alles.

Als sie sich schließlich wieder voneinander lösten,

führte ihn Hanna durch den Speisesaal und deutete dann mit einer Hand auf den Rahmen, während sie mit der anderen seine Hand hielt.

„Das ist eines von Poppys Gedichten." Joel hörte sich ebenso erstaunt an wie sie, als sie es einige Minuten zuvor entdeckt hatte. „*Der Weg zurück nach Hause* von Pansy Pendleton", sprach er aus und seine Stimme war warm, stark und voller Gefühl, während er das kurze und zugleich wunderschöne Gedicht über die Gezeiten, die an die vertrauten Sandstrände der Heimat zurückkehrten, laut vorlas.

Kurze Zeit später sagte er: „Es ist wunderschön, aber der Schreibstil ist doch ganz anders, als der ihres letzten Gedichts von der Insel, nicht wahr?"

„Als Poppy das Gedicht verfasste, hatte sie zwei Jahre lang ernsthaft an ihren schriftstellerischen Fähigkeiten gearbeitet. Ich nehme also an, dass ihr Stil sich einfach etwas weiterentwickelt hatte", gab Hanna zu bedenken. „Aber die Bilder und Vorstellungen davon, neue Wege zu beschreiten und neuen Träumen zu folgen … fühlt sich das nicht an, als wäre dieses Gedicht nahezu eine Fortsetzung des Gedichts, das sie beim Verlassen der Insel verfasst hatte?"

„Du hast recht. Es ist, als wäre das eine der Anfang und das hier das Ende."

Der Besitzer der Pension, ein Mann in den Vierzigern mit etwas schütter werdendem Haar, der mit erstaunlichem Geschick ein halbes Dutzend Frühstücksteller gleichzeitig zu balancieren vermochte, blieb neben den beiden stehen.

„Oh, ich sehe Sie interessieren sich für Pansy Pendletons letztes Gedicht."

„Ihr *letztes* Gedicht?", fragte Hanna.

„Deshalb hängt es auch an der Wand", erklärte der Besitzer der Unterkunft. „Sie hat es hier verfasst und ich glaube, dass sie vorhatte, es auf dem Poesiefestival vorzutragen. Aber Justine ist Expertin für all diese Dinge. Haben Sie Justine schon kennengelernt?"

Hanna nickte wohlwissend, dass sie und Joel der Vorsitzenden von Woodburns Lyrikgesellschaft mehr verdankten als sie in Worte fassen hätten können. Ohne sie hätten sie niemals herausgefunden, wer Pansy Pendleton wirklich war und was tatsächlich mit Poppy geschehen war.

„Ich habe mir gedacht", sagte Joe, als er sich ihr zuwandte, „dass ich der Lyrikgesellschaft vielleicht Poppys alte Tagebücher und Gedichte als Dankeschön überlassen sollte. Ich denke, es ist an der Zeit, dass die Welt erfährt, wer Pansy Pendleton war, dass sich hinter diesem Namen auch Poppy Peterson verbarg, und dass sie eine tapfere Frau war, die so viel riskierte, um ihre Träume zu leben. Möchtest du mit mir zu Justine gehen und es ihr mit mir gemeinsam mitteilen? Ich bin mir sicher, dass es ziemlich Spaß machen wird, ihre Reaktion zu filmen."

Vermutlich hätte es auch Spaß gemacht, aber Hanna war klar, dass sie ewig neues Bildmaterial sammeln hätte können, ohne ihre Dokumentation tatsächlich fertigzustellen. „Ich denke, ich bleibe besser hier und widme mich der Bearbeitung des Materials. Du hast doch nichts dagegen, oder?"

Joel küsste sie zärtlich. „Du wirst immer noch hier sein, wenn ich zurückkomme. Das ist alles, was ich wissen muss."

Sie machte es sich in einer Ecke des Speisesaals gemütlich und konzentrierte sich erneut darauf, die Einzelteile ihres Films wie ein Puzzle zusammenzusetzen. Wenn sie jedoch den Eindruck hatte, dass noch irgendetwas fehlte, setzte Hanna nach Lust und Laune einfach Filmausschnitte ein, die sie von der Fähre auf die Insel von den Walen gemacht hatte. Die szenische Abfolge wäre so eigentlich nicht stimmig gewesen, da die Walszene vom eigentlichen Thema ablenkte, aber irgendwie funktionierte es letztlich doch.

War die Insel nicht auch ein prägender Bestandteil *ihrer* Geschichte? Ohne die Insel wäre Hanna Walker nicht Hanna Walker. Und was ihre Schwestern oder Joel und die Petersons anging, verhielt es sich ebenso. Joel hatte sie einmal gefragt, ob sie immer nur die Geschichten anderer Leute erzählen würde oder ob sie auch versuchte, ihre eigene Geschichte zu erzählen. Jetzt war ihr endlich klar, dass das Kernstück der Geschichte, die sie nun und für den Rest ihres Lebens als Filmschaffende erzählen wollte, eine Geschichte der Liebe war – der Liebe für andere, für sie selbst und für ihre Träume.

Deshalb integrierte sie die Walszenen und machte

sich eine Notiz darüber, dass sie an dieser Stelle der Dokumentation nicht nur über die Bedeutung der Walwanderungen für die Insel sprechen würde, sondern auch über die vielen Male, in denen sie als Kind die Wale voller Ehrfurcht beobachtet hatte. Sie setzte Bildmaterial über den Sturm an den nördlichen Klippen von Walker Island ein, wo Joel sie beinahe geküsst hätte. Sie integrierte Aufnahmen vom Festival und von der Frühstückspension in Seattle, wo sie herausgefunden hatte, dass er ihre Fähigkeiten als Fimemacherin wirklich respektierte. Sie integrierte sogar Bildmaterial von der Tanzvorführung, um ihre Liebe zu ihren Schwestern und zu Ava zu zeigen.

Dabei stellte sie fest, dass die Sache mit der Dokumentation viel besser funktionierte, wenn sie sich selbst – und ihr wirkliches Leben auf der Insel – miteinbrachte. Zwischendurch versuchte sie, neben der Geschichte seiner Familie auch Joels Geschichte aufzuzeigen, obwohl ihre Geschichten am Ende derart miteinander verflochten waren, dass man sie kaum noch auseinanderhalten konnte.

Als Joel den Raum betrat, hatte sie das Gefühl, als wäre so gut wie alles vorhanden. Doch irgendetwas fehlte immer noch. Irgendein Teil, das sie nicht wirklich wahrnahm.

Er senkte seinen Mund zu ihrem ab und gab ihr einen Kuss, bevor er sie fragte: „Kann ich sehen, was du bis jetzt zusammengesetzt hast?"

Die Aufforderung, ihm ihr Werk zu zeigen, machte

sie ein wenig nervös. Doch als er es sich ansah, lächelte er selbst während der gefühlsbetonteren Abschnitte. „Es ist fantastisch, Hanna."

„Es ist ja nur ein ganz grober Entwurf. Es steht noch eine ganze Menge Arbeit an, bevor das Ganze wirklich fertig ist. Und der Schluss ist irgendwie immer noch nicht ganz stimmig, wenn die Geschichte am Friedhof endet. Vielleicht hätte ich dich heute begleiten sollen, als du Justine besucht hast."

„Nein, du hast gut daran getan hierzubleiben und an deiner Dokumentation zu arbeiten, solange alles noch so frisch und lebendig in deiner Erinnerung ist. Außerdem habe ich für den Schluss eine bessere Idee."

„Wirklich?"

„Ja, wirklich."

Als nächstes bekam sie mit, wie er sich auf einem Knie hinkniete und eine kleine Schatulle aus seiner Tasche zog.

„Wie wär's mit ein wenig Material von etwas, auf das die Insel all die Jahre gewartet hat? Eine Peterson-Walker-Hochzeit."

„Ach du meine Güte." Er öffnete die Schatulle und präsentierte ihr einen atemberaubend schönen antiken Ehering. „Joel, er ist wunderschön. Woher hast du ihn?"

„Er gehörte Poppy. Als ich heute bei ihr aufkreuzte, war Justine total froh darüber, dass ich noch einmal zurückgekommen bin. Nachdem wir gestern gegangen sind, hat sie sich an den Ring erinnert. Sie erzählte mir, dass die Lyrikgesellschaft ihn die ganze Zeit über in einem Safe aufbewahrt hatte, weil sie keinen ihrer Verwandten ausfindig machen hatten können. Sie hätten uns niemals gefunden, wenn wir nicht gekommen wären, um nach ihr zu suchen, Hanna. Ich weiß, dass mit dieser Dokumentation dein Platz im Masterprogramm in Seattle gesichert ist, denn niemand hat ihn mehr verdient als du. Ich hatte jedoch auch gehofft, dass es dir einen Grund liefern würde, um zurückzukommen, sobald du deinen Abschluss hast."

„Du hast mir bereits alle Gründe gegeben, die ich jemals brauchen könnte." Doch so sehr Hanna als Antwort auf seinen Antrag auch *ja!* hätte brüllen wollen, irgendetwas stimmte noch nicht mit dem Schluss … und sie glaubte zu wissen, was es war.

Sie kniete sich nun selbst vor ihn hin, so dass sie sich Auge in Auge gegenüberknieten, und sagte: „Ich liebe dich, Joel. Ich liebe dich so sehr, dass ich allein den Gedanken, dass du vielleicht nicht glücklich bist, nicht ertragen kann. Ich meine richtig glücklich. Wenn du wirklich den ganzen Tag im Büro arbeiten willst, dann werde ich in jeder Lage uneingeschränkt hinter dir stehen. Ich werde aber das Gefühl nicht los, dass du deine eigenen Träume zu lange verdrängt hast. Viel zu lange."

Er starrte sie eine gefühlte Ewigkeit lang an, bevor er schließlich nickte. „Den ganzen Tag lang habe ich darüber nachgedacht, was Poppy durchgemacht hat und wie mutig sie war, ihre Träume zu verfolgen, selbst wenn es bedeutete, dass sie damit unsere Familie enttäuschte.

Ich dachte so lange, dass ich dem Bild, das sie von mir hatten, entsprechen musste, damit alle glücklich sind. Das war auch nach dem Tod meines Vaters und meines Großvaters noch so. Ganz besonders nach deren Tod, denn ich wollte nichts tun, was ihre Leistungen in Bezug auf den Aufbau der Reederei Peterson auf der Insel geschmälert hätte. Doch jetzt … wie wäre es für dich, wenn dein Ehemann seinen Lebensunterhalt als Kapitän auf See bestreiten würde?"

Als Antwort auf seine Frage schlang sie ihre Arme um ihn. „Ich liebe dich, Joel."

„Ich liebe dich auch, Hanna. Sag, dass du mich heiraten willst. Vor oder nach dem Abschluss deines Masterstudiengangs – wann und wo spielt keine Rolle, solange wir unser restliches Leben zusammen verbringen."

„Ja." Endlich war sie in der Lage es hinauszuschreien. *„Ja!"*

Und als er ihr den Ring auf ihren Finger schob, war sie kaum überrascht, wie gut er passte. So wie die Arbeiten an ihrer Dokumentation sich dem Ende zu neigten, musste sie zugeben, dass ihre Ehe eine gute sein würde.

Eine wirklich, wirklich gute.

KAPITEL 18

Sie hielten die Hochzeit im Freien ab, damit jeder auf der Insel an der Feier teilnehmen konnte, welche die sich über Jahrzehnte ziehende Fehde zwischen den Petersons und den Walkers beenden sollte. Hanna hatte überall am Strand Kameras aufgestellt, um die Feier für ihre Doku festzuhalten. Glücklicherweise hatten sich alle bereiterklärt, auf der riesigen Hochzeit und der anschließenden Party mit anzupacken.

Emily hatte darauf bestanden, im Rahmen der Veranstaltung die Bewirtung zu übernehmen. Sie backte und kochte mit einer derartigen inneren Anspannung, dass Hanna sich beinahe sorgte, dass ihre Schwester vielleicht nicht mit der Verbindung zwischen ihr und Joel einverstanden war. Natürlich hatte Emily ihre Bedenken rasch zerstreut, indem sie sagte: „Ich koche doch nicht nur, wenn ich sauer bin, weißt du." Dann herzte sie Hanna. „Ich freue mich für dich. Wir alle freuen uns."

Paige hatte ein paar ihrer Schüler aus der Tanzschule ausgewählt, die anlässlich der Feierlichkeiten freiwillig mitanpacken wollten. Hanna hatte diesbezüglich zwar leichte Bedenken, ob das wohl erlaubt war, aber Paige hatte das mit einem Lachen abgetan.

„Machst du Witze? Die meisten von ihnen würden alles dafür tun, um bei der größten Inselhochzeit aller Zeiten dabei zu sein."

„*So* groß ist sie nun auch wieder nicht", behauptete Hanna. „Es ist ja nicht so, als würden wir irgendeine ausgefeilte Megashow inszenieren."

„Aber nur, weil ihr beiden uns nicht genug Zeit gelassen habt, um die ganze Hochzeit zu arrangieren, Hanna. Obwohl …", sagte Paige mit einem Funkeln in ihren Augen, „wenn ich sehe, wie du und Joel miteinander umgeht, kann ich verstehen, dass ihr keinen Augenblick mehr vergeuden wollt."

Sie wollten noch heiraten, bevor sie zurück an die Universität ging. Sie war nicht nur offiziell in den Masterstudiengang aufgenommen worden, Professor Karlson hatte sogar darüber gesprochen, dass er die Doku ein paar befreundeten Produktionsfirmen zeigen würde.

So glücklich sie jedoch über all das war, letzten Endes kam es ihr nicht wirklich darauf an, zum Studium zugelassen zu werden und ihren Professor zu beeindrucken.

Es ging darum, dass die Geschichte Hanna am Herzen lag, und dass sie sie hatte erzählen müssen.

Und nun musste sie nur noch den Mittelgang hinabgehen beziehungsweise den Strandabschnitt im nördlichen Teil der Insel nahe der Höhlen, in denen sie und Joel Zuflucht vor dem Sturm gesucht hatten, und der zumindest an diesem Tag als Mittelgang fungierte. Tatsächlich benutzte sie die Höhle, in der sie Schutz gesucht hatten, gerade in diesem Moment, um sich fertig zu machen. Ihre Schwester Morgan machte sich an Hannas Kleid und ihrem Make-up zu schaffen und trug gerade etwas Lidschatten auf. Morgan war für die Hochzeit nach Hause gekommen. Dass alle fünf Schwestern wieder vereint waren, machte den ganzen Tag noch schöner als er ohnehin schon war.

„Wann hast du dir die rosa Strähnchen machen lassen, Hanna?"

„Vor einiger Zeit. Findest du, dass sie mir nicht stehen?"

„Es ist dein Hochzeitstag, Hanna. Heute steht dir alles." Morgan umarmte sie. „Doch ehrlich gesagt versuche ich immer noch, das mit dir und Joel Peterson auf die Reihe zu bekommen. Wir hatten zwar keine Gelegenheit, viel darüber zu sprechen, aber ausgehend vom wenigen, das ich weiß, kann ich ihn echt gut leiden. Hätte ich mir aber nie gedacht …"

„Ich auch nicht", erwiderte Hanna mit einem Lächeln. „Ich denke, man weiß nie, wie diese Dinge sich letztlich fügen."

„Nein, ich denke nicht", stimmte ihr Morgan zu.

Wie Hannas andere Schwestern auch, hatte Morgan beschlossen, kein förmliches Brautjungfernkleid zu tragen. Stattdessen trug sie ein buttergelbes Kleid, das in Wellen ihre Knie umspielte.

„Ist dir klar, dass du als Jüngste es mit deiner

Hochzeit geschafft hast, dass der Rest von uns sich jetzt alt fühlt, und zwar selbst die von uns, die nur ein paar Jahre älter sind als du?"

Hanna grinste und stichelte: „Ein weiterer Grund, um so schnell wie möglich unter die Haube zu kommen."

Morgan gab ihr ein Grinsen zurück. „Jetzt wäre es dein Part zu sagen, dass du Joel von ganzem Herzen liebst."

„Das tue ich auch, Morgan. Er ist *umwerfend.*"

„In diesem Fall denke ich, dass es an der Zeit ist, dass du heiratest."

Hanna hielt inne und genoss den berauschenden Moment, bevor sie auf den Pfad hinaustrat, der hinunter an den Strand führte. Das Hinuntersteigen im Brautkleid war diesmal etwas heikler, doch die zusätzliche Zeit, die sie dafür brauchte, nutzte sie, um einen genaueren Blick auf all die Menschen zu werfen, die sich unten am Strand auf den Stühlen, die ganz nah am Wasser aufgestellt worden waren, versammelt hatten.

Ava saß vorne in der ersten Reihe und Hanna konnte sehen, wie sie sich bereits ihre Augen abtupfte. Alle Plätze waren besetzt und auch auf dem letzten Stückchen Strand ringsum hatten sich Hochzeitsgäste eingefunden. Selbst draußen auf dem Meer gab es Schaulustige.

Erstaunlicherweise hatten an diesem Tag alle Kapitäne und Skipper der Reederei Peterson zu Joels Unterstützung auf dem Wasser, knapp außerhalb des Strandes, Stellung bezogen. Die Woche zuvor hatte er offiziell verlautbart, dass er einen Geschäftsführer einstellen würde, der sich um das Tagesgeschäft kümmern sollte, damit ihm mehr Zeit für Bootsausfahrten blieb, und sie alle hatten sich hinter ihrem Boss versammelt, der das Meer ebenso sehr liebte wie sie.

Joel wartete am kleinen Hochzeitsbogen auf sie, den Michael für die Trauung am Strand aufgestellt hatte, und starrte sie voll Staunen an, wie sie nach und nach auf ihn zukam. Er sah fantastisch aus, so wie er dort stand. Und obwohl er diesmal keinesfalls eine Krawatte trug, kleidete ihn sein Smoking großartig. Hanna hatte darauf bestanden.

Ihr Vater Tres saß neben Ava. Hanna wusste, dass es der Schock seines Lebens für ihn war, als er nach der Rückkehr von seiner Schulfahrt nach Europa erfuhr, dass sein kleines Mädchen sich mit Joel Peterson verlobt hatte. Dankenswerterweise hatte Ava ihm rasch und gewandt die ganze Situation erklärt und auch Hannas Schwestern waren anwesend, um ihm zu bestätigen, dass sich mit Joel für Hanna tatsächlich ein Traum erfüllte … und dass auch er sie von ganzem Herzen liebte.

Alle Blicke auf sich gerichtet zu spüren, löste ein eigenartiges Gefühl in ihr aus. Normalerweise war sie es ja, die alle anderen beobachtete. Für diesen einen Tag konnte sie es jedoch akzeptieren, im Mittelpunkt zu stehen, insbesondere da es ja nur einen Blick gab, der Bedeutung für sie hatte.

Als Joel sie mit so viel Liebe und Verlangen in seinen Augen ansah, dass ihr die Luft wegblieb, spielte alles andere keine Rolle mehr. Als der Geistliche mit der Trauungszeremonie begann, fühlte sie sich beinahe überrumpelt.

„Wir haben uns heute hier zusammengefunden, um die Hochzeit von …"

Während er die Worte sprach, musste Hanna an alles denken, was zu diesem Ereignis geführt hatte. All die Jahrzehnte, in denen ihre Familien nicht miteinander gesprochen hatten. All das Geschwätz, das man über ihre Großmutter in Umlauf gebracht hatte. Sie dachte an sich selbst und die Tatsache, dass sie zwar ohne Mutter aufgewachsen war, ihre Schwestern, ihr Vater und ihre Großmutter ihr jedoch stets so viel Liebe entgegengebracht hatten. Und sie dachte auch an Joel als Teenager und wie sie in ihrer Kindheit für ihn geschwärmt hatte. Er war damals geschickt durch die Abwehr der gegenerischen Footballmannschaft geflitzt und hatte sich später zu dem unfassbar gutaussehenden Mann entwickelt, der ihr nun gegenüberstand, ihre Hand hielt und darauf wartete, dass sie die zwei Worte aussprach, die sie für immer miteinander verbinden würden.

„Ich will."

* * *

Der Hochzeitsempfang fand oben im Haus statt und für Hanna war es beinahe so, als befände sie sich inmitten eines Stadtfests im Zentrum von Seattle. Die Musik war so laut, dass man sie auch noch draußen hören konnte, und auf jeder freien Fläche hatte man Essen arrangiert.

Rachel war an das andere Ende des Raums gegangen, wo sie mit Freunden plauderte, während sie Charlotte im Auge behielt, die mit einigen der jüngeren Inselbwohner aufgeregt herumlief. Paige tanzte, während Emily sicherstellte, dass alle gut versorgt waren. Morgan war natürlich von einer Gruppe Bewunderer umringt, die interessiert daran waren, welche Abenteuer sie in Hollywood erlebte.

Es war jedoch Ava, die Hanna und Joel gesucht hatten. Hannas Großmutter umarmte sie zuerst und drückte sie ganz fest an sich. „Du machst mich glücklich wie noch nie, Schatz."

Neben Hanna stand Joel und lächelte: „Auch ich bin ziemlich zufrieden."

Ava umarmte Joel daraufhin fester, als man es sich von einer Frau ihres Alters erwartet hätte. „Ich weiß, dass Poppy stolz auf euch gewesen wäre, auf euch beide."

„Das weiß ich auch, Ava, und es tut mir leid, dass ich so lange gedacht habe, dass …"

„Ist schon gut", sagte Ava mit sanfter Stimme. „Müssen wir das denn jedes Mal, wenn wir uns sehen, zum Thema machen? Ich bin einfach nur glücklich für euch beide. Und mach dich darauf gefasst, dass ich später noch mit dir tanzen möchte, junger Mann, wenn dich meine Enkelin nicht schon vorher fix und fertig macht."

Als Ava sich entfernte, sagte Hanna zu ihrem frisch angetrauten Ehemann: „Das mit dem Tanz hat sie ernst gemeint."

„Dann sollten wir vorher vielleicht etwas üben",

schlug Joel vor.

Sie legten ihre Arme um den Körper des jeweils anderen und sie bewegten sich im Takt der Musik. Sie wusste bereits, dass Joel ein ausgezeichneter Tänzer war, und noch lange nachdem der Song zu Ende war, lagen sie sich in den Armen.

Schlußendlich mussten sie aber wieder voneinander lassen, als es Zeit für die Reden war und Ava in das tragbare Mikrofon sprach, das Emily ihr übergeben hatte. „Ich weiß, dass viele von euch heute gerne eine Ansprache auf Hanna und Joel halten würden, weil sie wirklich wunderbar zusammenpassen und uns allen diese Hochzeit nach all der Zeit so viel bedeutet. Ich möchte als erste auf die beiden anstoßen und ihnen dafür danken, dass sie mir ein so tolles Geschenk gemacht haben. Ich habe nicht nur eine vor Glück strahlende Enkelin und einen neuen Schwiegerenkel bekommen, auf den ich absolut stolz bin, sondern habe darüber hinaus auch eine verloren geglaubte Freundin und die mit ihr in Zusammenhang stehende Wahrheit zurückerhalten." Ihren liebevollen Blick fest auf Hanna und Joel gerichtet sagte sie: „Wir alle lieben euch und wünschen euch alles Glück dieser Erde."

Alle stießen daraufhin mit Prosit-Rufen und klirrenden Champagnergläsern auf das Brautpaar an. Und während der folgenden dreißig Minuten und mit Joels Armen eng um ihre Taille geschlungen hatte Hanna ihren Kopf an Joels Brust gelehnt und zusammen lauschten sie den wunderschönen Ansprachen von

Familienmitgliedern und Freunden.

Nachdem die Reden zu Ende waren und Joel Ava über das Parkett gewirbelt hatte, zog Hannas frisch angetrauter Ehemann sie schleunigst in seine Arme und machte ihr einen Vorschlag: „Ich denke, wir sollten uns vom Buch meiner Großtante inspirieren lassen."

„In die Großstadt abhauen und dort unser Glück suchen?", fragte Hanna.

„Ich dachte eher daran, ob es jemand mitkriegen würde, wenn wir uns aus dem Staub machen."

„Und den Rest der Party verpassen?"

Joel küsste sie und sagte dann: „Ich glaube, Poppy, William und Ava war klar, dass Hochzeiten oftmals für die anderen gefeiert werden. Verheiratet zu sein … das ist hingegen unsere Sache."

Hanna sah sich um. Joel hatte nicht ganz Unrecht. Das Partytreiben war an einem Punkt angelangt, an dem sich alle auch ohne sie perfekt amüsierten.

„Ich nehme an, den Rest können wir immer noch nachholen, wenn wir uns die Hochzeitsvideos ansehen."

EPILOG

Morgan lächelte, als sie sah, wie ihre Schwester und Joel sich aus dem Staub machten. Obwohl die Hochzeit wie aus heiterem Himmel stattgefunden hatte, nahm sie an, dass die beiden perfekt zueinander passten.

Sie war froh, dass sie anlässlich der Hochzeit zurückkommen hatte können, selbst wenn sie dafür in letzter Minute im Jet des Leinwandstars mitfliegen musste, an dessen aktuellem Film sie gerade arbeitete. Und unmittelbar nach der Trauungszeremonie fand sich Morgan inmitten einer kleinen Gruppe von jungen Frauen, die sie zweifelsohne um ihre Karriere beneideten.

„Wie lief die Arbeit bei Ihrem letzten Film?", fragte eine von ihnen. „Stimmt es, was ich über Sie und Bradley Lewis gehört habe?"

„Bradley ist ein wunderbarer Mann", sagte Morgan über den männlichen Hauptdarsteller des letzten Films, an dem sie mitgewirkt hatte, „Sie sollten aber nie vergessen, dass man den Illustrierten besser nicht glauben sollte. Er ist glücklich verheiratet und wir beide haben *ganz bestimmt* nichts miteinander."

„Ich würde mir aber wünschen, dass er *mich* küsst",

sagte eines der Mädchen, bevor ihre Freundin fragte: „Kann ich ein Autogramm von Ihnen haben?"

Morgan wusste, dass sie die kleine Clique von … nun ja, sie waren nicht wirklich Fans, besser auflösen hätte sollen. Sie waren einfach nur Mädchen, die selbst den trüben Abglanz des Filmgeschäfts aufsehenerregend fanden. Morgan wusste, wie der Hase lief. Und üblicherweise bemühte sie sich, den Leuten entgegenzukommen, wenn sie sie wie einen kleinen Promi behandelten. Aber jetzt war weder die richtige Zeit noch der richtige Ort. Sie wollte mit ihren anderen Schwestern plaudern und mit Charlotte spielen, die seit ihrem letzten Besuch auf der Insel unglaublich gewachsen war.

Gleichzeitig war sie jedoch schon den ganzen Tag aufgeregt gewesen, da sie Brian Russell wiedersehen würde, und hatte sich so gut es ging im Hintergrund gehalten. Er war auf der High School ihr Freund gewesen und in den sieben Jahren seit ihrer Trennung hatte sie ihn weder gesprochen noch wiedergesehen. Nicht ein einziges Mal.

Heute hatte eine riesige Menschenmenge der Trauung beigewohnt – und sie hatte sich während der Zeremonie so auf Hanna konzentriert – dass sie ihn draußen am Strand überhaupt nicht entdeckt hatte. Später, während des Empfangs, hätte sie schwören können, dass sie ein Prickeln auf ihrer Haut spürte und ihr warm wurde, so wie es immer dann geschehen war, wenn er sie ansah, doch Brian war unauffindbar und sie vermutete, dass ihr ihre überaus rege Fantasie einen Streich gespielt hatte.

Sie nahm an, dass er die Peterson-Walker-Feier vermutlich ihretwegen gemieden hatte und versuchte, sich selbst davon zu überzeugen, dass er gut daran getan hatte. Denn was würde geschehen, wenn sie ihn plötzlich wiedersah und ihm zum ersten Mal nach sieben Jahren von Angesicht zu Angesicht gegenüberstand? Würden dann wie üblich die Funken fliegen? Wäre sie womöglich nicht in der Lage, sich im Zaum zu halten, und würde sie zu ihm hingehen und ihn bitten, sie so zu küssen, wie er es damals getan hatte, mit einer solchen Leidenschaft, dass sich ihr der Kopf drehte?

Und wie würden sie nächsten Monat, wenn sie für die Arbeit an ihrer neuen Bio-Makeup-Linie vorübergehend auf die Insel zurückkehren würde, länger als einen Tag Abstand voneinander halten? Was würde sie tun, wenn sich herausstellte, dass sie jetzt ebenso angezogen von Brian war wie damals auf der High School, als sie noch ein Pärchen waren?

Morgan gab sich alle Mühe, die lästigen Gedanken und Fragen aus ihrem Kopf zu verbannen. Heute war für ihre Familie der glücklichste Tag der vergangenen Jahre und sie würde alles daran setzen, Brian zu vergessen und die Party in vollen Zügen zu genießen, bevor es am nächsten Morgen wieder mit dem Flugzeug zurück nach New York City ging.

* * * * *

Um sich über Lucy und ihre Neuerscheinungen auf dem Laufenden zu halten, abonnieren Sie bitte ihren deutschen Newsletter

www.LucyKevin.net/NewsletterDe

Über die Autorin

SEATTLE GIRL, der erste Roman der New York Times und USA Today Bestseller-Autorin Lucy Kevin, wurde sofort ein E-Book-Bestseller. Auch ihre nächsten beiden heiteren Liebesromane SPARKS FLY und FALLING FAST erschienen auf vielen Bestsellerlisten, und ihre neue Reihe „Vier Hochzeiten und ein Fiasko“ erreichte Platz 11 der New York Times Bestellerliste. Die Washington Post nannte sie „eine der Top-E-Book-Autorinnen“. Wenn sie nicht an ihrem Computer sitzt, liest sie gerne, wandert, strickt oder lacht, am liebsten mit ihrem Mann und ihren beiden Kindern. Eine vollständige Buchliste, Leseproben, Gewinnspiele sowie weitere Informationen über Lucy Kevin finden Sie hier:

Abonnieren Sie bitte Lucys deutschen Newsletter

eepurl.com/Wl1GD

Folgen Sie Lucy auf Twitter

twitter.com/lucykevin

Freunden Sie sich mit Lucy auf Facebook an

facebook.com/lucykevinbooks

www.LucyKevin.com

lucykevinbooks@gmail.com

45156997R00125

Printed in Poland
by Amazon Fulfillment
Poland Sp. z o.o., Wrocław